현대소설의 이해

Understanding of Contemporary Novel

현대소설의 이해

Understanding of Contemporary Novel

———————

김정남 지음

머리말

이 책은 주로 대학에서 교수되는 현대소설론 강의를 위해
맞춤한 이론과 그 분석의 실제를 제공하고자 하는 목적에서
집필되었다. 지금까지 출간된 몇몇 소설론들은 제반 이론들
을 집대성한 것에 불과하거나 이론에 비추어 여러 작가들의
작품을 예시하는 데 머물러 있는 경우가 많았다. 1990년대부
터 불어닥친 구조주의와 후기구조주의의 열풍에 힘입어 서서
물의 담론 양상이 부각되면서 제라르 즈네뜨^{Gérard Genette}와
시모어 채트먼^{Seymour Chatman}을 위시한 서사학자들의 책들이
널리 번역 소개되었는데 이는 단순하게 소설의 구성적 요소
와 기법을 소개하는 데 그쳤던 소설론의 이론적 토대를 강화
하는 데 기여하였다.

하지만 대학의 연구자들은 논문의 정량적 평가에 시달린
나머지 더 이상 소설론과 같은 개론서를 집필하는 것을 거부
하였고, 새 호흡이 더해지지 않은 노후한 교재를 가지고 강의
실에 들어가 낡은 이론에 새 이론을 덧대며 꾸역꾸역 강의를
해온 것이 사실이다. 이에 필자는 현재 가장 정설적으로 받아
들여지고 있는 소설 이론에 다양한 서사학의 이론을 결합하

여 하나의 확실한 강의 교안을 만들어 보기로 했다. 이에 기존 소설론의 한계를 극복하기 위해 서사학의 이론을 적극적으로 수용하고, 본인의 박사학위 논문의 일부를 근간으로 하여 그 실증적 분석의 사례를 제시하였다. 이 책에서 분석의 대상을 주로 김승옥 소설로 한정한 것은 그가 우리 소설사에서 단편 소설의 모범을 보여준 작가이기 때문이기도 하지만, 백화점 식으로 다양한 작가의 작품을 예시하기보다는 제한적인 작품 을 통해 정치한 텍스트 분석을 경험하고 그 가치를 체득케 하기 위함이다. 대신 각 장의 연구과제를 통해 여러 작품을 분석할 수 있는 기회를 제공하였는데, 이 모색의 과정에서 학생들 스스로가 연구심을 키우고 작품에 대한 해석력을 신 장시킬 수 있도록 하였다.

'창작'이 '현장비평'으로 이어지고 '연구'로 축적되어 한 시 대의 '문학사'가 기술되고 '이론'으로 정리되며 이것이 다시 창작과 현장비평과 연구에 영향을 미치는 순환의 구조가 문 학장의 정상적인 메커니즘이다. 이 과정에서 창작은 항시 이 론을 뛰어넘는다. 이론이라는 랑그langue에 기초해 새로운 파 롤parole을 얻어내는 것이 영구혁명의 과정 속에 있는 문학의 역사다. 이 과정이 선순환되지 않고 어느 하나의 단계에서 동맥경화가 일어난다면 문학생태계 전체의 건강성은 유지될 수 없다.

이렇게 정리된 이론은 곧 낡은 것이 될 것이고 되어야만 한다. 이론은 현재를 기술하고 미래를 내다보기 위해 임시로 지어진 망루다. 나의 이 소설론이 우리 시대 소설 연구를 둘러싼 서사학적 이론을 평이하고도 명쾌하게 이해할 수 있는 장이 될 수 있다면 아쉬움은 없다. 문학이 죽었다는 것이 기정사실로 받아들여지고 있는 시대다. 하지만 오늘도 누군가는 소설을 쓰고 누군가는 이를 읽고 또 누군가는 이를 연구한다. 이 휘황한 시대에 침침한 강의실에 앉아 문학이라는 지도의 암실을 더듬는 젊은 학생들의 형형한 눈동자를 떠올리며, 이 책을 그들에게 바친다.

庚子年 盛夏

著者

차례

제6장 소설과 미디어 환경

제1장 소설의 장르적 정체성

제1장 소설의 장르적 정체성

1. 허구적 서사의 변천 과정

인류의 역사에 있어 서사는 신화myth에 그 뿌리를 두고 있다. 신화는 단순한 표상이라기보다는 하나의 상징으로 "하나하나가 고유한 세계를 형성하고 위치를 정해 주는 정신적인 힘"[1]으로 기능한다. 우주창생신화, 영웅신화, 문명기원신화, 건국신화 등 다양한 신화는 존재의 기원과 정당성을 확보하기 위한 목적에서 기술되었다. 하지만 무엇보다 중요한 것은 이야기를 통해 인간은 인격화의 과정을 통해 무지에 대한 무력감과 자연의 공포를 거세할 수 있었고 이를 바탕으로 '카오

---

1) 에른스트 카시러, 신응철 옮김, 『언어와 신화』, 지만지, 2015, 16쪽.

스chaos'의 세계를 '코스모스cosmos'의 세계로 전환할 수 있었다고 할 수 있다. 이러한 신화의 배경은 언제나 '태초와 창세'의 배경과 같이 초월적이며, 신은 인간의 인격을 지녔으되 전지전능함을 가진다. 이러한 배경과 인물은 갈등과 쟁투가 있다 하더라도 인물의 절대적 힘에 의해 궁극적으로는 항구적 질서를 확보하고 세계를 보편적이고 일관된 규율 위에 올려놓는다. 따라서 신이라는 인물은 배경을 궁극적으로 지배하고 질서화하기 위한 절대적 힘과 가치를 지닌다.

다음으로 서사의 전통은 『일리아스』와 『오딧세이아』로 대표되는 영웅서사시epic로 이어지는데, 이는 국가나 민족의 역사적 사건과 연관된 영웅들의 이야기를 서사적으로 기술한 장시長詩이다. 인물의 차원에서 서사시는 민족적 종교적 차원에서 영웅이나 반신半神적 존재를 주인공으로 삼고 있다는 점에서 신화의 자장에서 다소 벗어나 있지만, 그 배경은 우주적이고 초월적이며 그들의 쟁투의 과정에서도 초자연적인 존재가 개입된다. 운율과 리듬이라는 시의 문법 하에서 구비와 적층을 거쳐 기록으로 남겨진 서사시는 이후 로망스romance라는 보다 이야기성에 충실한 서사양식으로 발전한다.

로망스의 주인공은 흔히 기사의 형태로 나타나는 귀족 계급이다. 신에서 인간으로 모습은 바뀌었지만 그 속성은 어디까지나 초월적인 자리에 있다. 영웅적인 기사담으로 제시되는 서양의 로망스는 중세적 세계관과 담론체계를 그 안에 함의한다. 우리나라의 경우도 조선조에 창작된 수많은 로망스 계열의 소설들 역시 무수한 모험과 고난의 과정이 놓여 있다 하더라도 이는 자아와 세계 사이의 근본적인 불화에 기원을 두고 있지 않다. 이 과정은 해피엔딩을 위한 과정일 뿐, 그 세계는 근본적으로 안온하다.

로망스의 구조는 주동인물이 자신이 영웅임을 입증하는 과정으로서, 자신이 자각한 잠재력을 실현하는 스토리이다. 그러한 의미에서 『로미오와 줄리엣』이나 『춘향전』의 세계는 살과 피로 구성된 것이라기보다는 꿈과 환상으로 지어진 세계이다. 따라서 로망스는 "역사의식의 결핍증세"[2]를 보인다고 할 수 있으며 그 인물이란 "진공상태의 인간character in vacuo"[3]에 다름 아니다. 그렇다고 로망스의 인물과 서사구조가 무의미하다는 뜻은 아니다. 로망스는 서사구조의 원형적 의미[4]를 담고 있으며 현대사회에서도 영화와 애니메이션 더 나아가 게임시나리오로 재창조되고 있는 것을 보면 그 의미를 이해할 수

---

2) 조남현, 『소설원론』, 고려원, 1994, 60쪽.

3) Northrop Frye, *Anatomy of criticism*, N.J.: Princeton University Press, 1971, p.304.

4) 조셉 캠벨이 제시한 a) 떠남departure → b) 통과initiation → c) 회귀return의 통과의례의 경우도 로망스의 서사구조가 보여주는 하나의 원형적인 플롯이다.(조셉 캠벨, 이윤기 옮김, 『천의 얼굴을 가진 영웅』, 평단문화사, 1985, 32쪽.)

있을 것이다.

다만, 동양적 관점에서 소설은 정사正史를 해치는 야담野談으로 이해되면서 그 존재가치를 인정받지 못했다. 가령, 공자가 말하는 소도小道, 도청도설道聽塗說, 순자가 말하는 소가진설小家珍 說은 바로 허구적 이야기를 부정적인 관점에서 바라본 예이다. 하지만 그들 역시 이야기의 효용에 대해서는 잘 알고 있었던 바, 항간에 떠돌던 이야기를 수집하는 패관稗官이라는 벼슬을 두어 민심을 살피는 데 이용했다.[5] 우리나라의 경우에도 여말麗末 시화와 세태담을 위주로 한 잡록들이 창작되었고(이규보의 『백운소설』, 이인로의 『파한집』, 이제현의 『역옹패설』 등) 이러한 서사의 전통은 조선 중기까지도 꾸준하게 이어졌다(어숙권의 『패관잡기』, 박지원의 『열하일기』 등). 하지만 정조의 문체반정文體反正에서 잘 나타나듯이 사실과 허구의 경계를 뛰어넘어 당대 사회에 대한 신랄한 풍자를 담고 있는 작품들을 유교적 이데올로기를 훼손하는 이단적 문체[6]로 취

---

5) 소설가의 무리는 대체로 패관稗官에서 나왔으며, 길거리와 마을에서 하는 이야기들을 얻어 들은 것을 바탕으로 지은 것이다. (중략) 마을의 작은 지식을 가진 이가 한 말이라도 수집 보존하여 잊히지 않도록 했기 때문이다. 小說家者流, 蓋出于稗官, 街談巷語, 道聽塗說者之所造也. (中略) 閭里小知者之所及, 亦使綴以不忘.(루쉰, 조관희 역주, 『중국소설사』, 소명출판, 2004, 28~29쪽.)

6) 박균섭, 「학문의 자유와 통제: 이옥의 문체와 정조의 문체반정」, 『한국학연구』 30, 고려대학교 한국학연구소, 162쪽.

급하여 이를 엄격하게 규제하려 하였다.

한편, 근대사회의 출현과 함께 등장한 소설novel은 평범하거나 오히려 사회에서 추방된 낙오자outcast의 삶을 그려낸다. 이는 근대사회의 특성과 연관되는데, 중세 사회가 몰락함과 동시에 예술가들은 자신들의 뒤를 봐주었던 영주와 귀족들—파트롱patron—에 기댈 수 없게 된 상황과 결부된다. 이때 예술가들은 자신의 힘으로 살아남을 수밖에 없는 절박한 처지에 놓이게 된다. 이러한 조건 속에서 작가들은 지배계급의 이해에 봉사하기보다는 근대 도시에서 벌어지는 부르주아지들의 생활상을 다루고자 한다. 작가는 자신의 이름으로 글을 써야 하며 이에 따라 작가의 개성이 중요해지고 형상화 방법으로서 리얼리티가 강조된다. 근대사회에서 더 이상 중세기적 꿈과 환상을 좇아야 할 명분이 사라진 것이다. 이를 모리스 쉬로더Maurice Shroder는 『소설장르론』에서 로망스를 인플레이션의 양식(영웅호걸들의 과장된 이야기)으로, 소설을 디플레이션의 양식(일상인들의 절제된 이야기)으로 비유한 바 있다.

가라타니 고진柄谷行人은 산수화와 풍경화라는 비유를 통해 이러한 맥락을 설명한다. 그가 말하는 '풍경'은 단순히 객관 세계를 드러내는 것이 아니다. 그것은 오히려 외부세계에 대해서 도착적이며, 고독하고 내면적이다. 이러한 의미에서 '풍경'은 초월적인 공간을 통해서 선험적인 개념의 세계를 드러내는 '산수화'와 대비되며, 풍경은 이러한 중세적인 관념성에 대응하는 근대의 제도이자 인식틀이다. 여기서 풍경이 하나의 제도로서 출현했다는 사실이 중요하다. 이는 문학에서 언문일치라는 근대적인 문학적 제도에 비견될 수 있는데, 가라타니 고진은 일본 근대문학의 기원을 '풍경의 발견'에서 찾는다. 리얼리즘은 바로 이 풍경 속에서 자리를 잡게 되는데, 이는 단순히 풍경을 그리는 것이 아니라 항상 풍경을 창출해내야만[7] 한다는 예술적 경향과 연관된다. '풍경'이 일단 성립되면 그 기원은 은폐된다. 왜냐하면 현실이 '풍경' 그 자체이며 결국 우리의 자의식이 되기 때문이다.

사회적 맥락에서 중세 사회의 붕괴는 파트롱 제도의 몰락뿐만 아니라 문학이 더 이상 정계진출 등 입신양명의 수단이 될 수 없다는 것과 연결된다. 이때 작가는 자신의 쓰라린 내면을 통해 근대사회의 수많은 어둠을 통찰하게 되고 그 안에서 빚어지게 되는 자아와 세계 사이의 근본적인 불화에 주목하게 된다. 이에 근대 작가는 도시의 여러 소수자들—가난한 노동자·창녀·거지·정신병자·범죄자·동성연애자 등—의 목소리에 귀 기울이게 되면서 근대적 리얼리즘의 세계를 열어가게 된다.

---

7) 가라타니 고진, 박유하 옮김, 『일본 근대문학의 기원』, 민음사, 1997, 41~42쪽.

요컨대, 신화에서 로망스의 이행되면서 서사 양식이 인간의 얼굴을 하게 되었고, 다시 로망스에서 소설로 접어들면서 가장 평범한 장삼이사들의 삶의 문제를 추구하게 되었다고 할 수 있다. 그런 의미에서 허구적 서사양식의 변모과정은 신에서 영웅으로, 영웅에서 귀족으로, 다시 귀족에서 평민으로 이어지는 주인공의 신분적 타락과정의 역사라고 할 수 있다. 따라서 근대적 의미의 소설은 겨우 200년 남짓한 역사를 가지고 있는 것이며, 이는 정치적으로는 근대적 데모크라시의 수립, 경제적으로는 봉건제적 경제구조의 붕괴와 연관되며, 사회적으로는 산업화와 도시화로 대표되는 변화와 맞물린다. 철학적으로는 15C 르네상스에서 비롯된 휴머니즘과 17C 르네 데카르트René Descartes로부터 자각된 이성중심주의, 존 로크John Locke의 경험주의empiricism, 아이작 뉴턴Isaac Newton의 새로운 과학사상 등과 연관되는 변혁과 그 궤를 같이 한다.

근대 리얼리즘 소설에 뒤이어 반소설anti-roman 혹은 누보로망nouveau roman에 이르면 소설은 리얼리즘의 전통적 기법과 관습을 거부하는 방식으로 변모한다. 잘 알려진 바와 같이 알랭 로브그리예Alain Robbe-Grillet, 미셸 뷔토르Michel Butor, 나탈리 사로트Nathalie Sarraute, 끌로드 시몽Claude Simon 등의 전위적인 작가들에 의해서 1950년대부터 창작된 반소설은 사실주의적 재현의 원리를 거부한다는 점을 근본적인 특징으로 한다. 가령 인물과 행위를 거세하고 기호화된 묘사로 소설을 이끌어 나간다. 그런 의미에서 소설 속의 인물은 현실의 무엇인가를 재현하고 있는 것이 아니며 실재와 무관하다는 점에서 하나의 기호로 기능한다. 이러한 새로운 실험은 독점화로 그 모순이 심화되어 가는 자본주의적 근대성의 단계를 고려할 때, 기존의 리얼리즘의 세계관 자체가 관념화된 허위의 체계 위에서 세워진 것일 수 있다는 각성에 기반한다. 따라서 반소설은 충실한 재현의 원리 속에서 제공되는 환상을 거부하며 그 안에 담긴 부르주아적 예술의 관념을 비판한다. 그런 의미에서 리얼리즘에서 말하는 재현representation의 원리는 반소설에 이르면 새로운 형태의 현시presentation가 된다고 할 수 있다.

연 구 과 제

• 신화에서 반소설에 이르기까지 허구적 서사양식의 변
  모 양상을 인물과 배경의 관계의 측면에서 그 변별점을
  설명해 보시오.

2. 근대성과 소설

1) 근대성의 동인動因

근대성modernity이란 사회적 삶의 독특한 형태로서 근대 사회modern society의 특성을 나타내는 개념이다. 근대 사회는 16세기경 서유럽에서부터 출현하기 시작하였지만, 근대성 자체는 18세기 계몽주의enlightenment 철학 속에서 그 확실한 이념적 내용을 갖추게 된다. 19세기에 이르면서 근대성은 산업주의industrialism를 근간으로 하는 사회적·경제적·문화적 변동들과 같은 뜻을 지니게 되며, 그 이후에는 전 지구적 현상으로 자리잡게 된다.[8]

잘 알려진 바와 같이 서구 역사는 그 동안 고대와 중세, 그리고 근대 등 크게 세 시기로 구분되어 왔다. 그런데 이 세 역사 시기는 흔히 빛과 어둠의 이미지로 표현되었다. 고전주의로 특징짓는 고대는 빛의 시대, 중세기는 암흑기라는 명칭에서 잘 드러나듯이 어둠의 시대, 그리고 르네상스로 시작되는 근대는 어둠에서 해방된 시대, 즉 재생이나 부흥의 시대

---

8) 김성기, 「세기말의 모더니티」, 김성기 外, 『모더니티란 무엇인가』, 민음사, 1994, 16쪽.

로 각각 간주된다. 그런가 하면, 제임스 조지 프레이저는 현대 인류학 이론에 커다란 영향을 끼친 『황금가지』에서 고대를 마술의 시대, 중세를 종교의 시대, 그리고 근대를 과학의 시대로 나눈 바 있다.

이 가운데서 중세는 대략 서로마 제국이 멸망한 5세기부터 시작하여 15세기까지 무려 천 년 동안 계속된 시기이며, 근대란 바로 이 중세기 이후의 시대를 가리킨다. 그런데 여기서 근대로의 이행은, 경제적으로는 장원 경제 제도에서 화폐 경제 제도로, 정치적으로는 봉건주의적 지방 분권화에서 정치적 중앙 집권화로, 정신적으로는 기독교적 세계관에서 휴머니즘적 세계관으로의 전환을 의미한다.

서구 사회에 있어 근대 기획modernity project의 산출과 그 진행 과정을 살펴보면 다음과 같다. 먼저, 17세기 사상의 세 갈래—베이컨의 경험주의empiricism, 데카르트의 이성중심주의logoscentrism,9) 로크의 개인주의individualism—가 서로 결합·융합되어 계몽주의 특유의 프로젝트를 낳았다고 볼 수 있다. 18세

---

9) 데카르트는 『方法敍說』(1637)에서 "Cogit ergo sum(나는 생각한다, 고로 존재한다)"이라는 철학적 명제를 천명하고, 개인의 인식과 사유가 존재성의 근간이라는 점을 분명히 하였다. 이러한 데카르트 철학의 명제는 개인의 주관적인 인식과 사유를 중시한다는 점에서 이성중심주의이며, 이는 데카르트 철학에 있어 존재 인식의 근간이 된다.(데카르트, 권오석 옮김, 『방법서설』, 홍신문화사, 1989.)

기의 계몽주의10)는 중세의 종교와 형이상학으로부터 분리되어 나온 과학, 도덕, 예술의 자율적인 세 분야에 걸쳐 각각의 내부적 논리에 따라 객관적 과학(진리), 보편적 도덕과 법률(규범적 공정성) 그리고 자율적 예술(신빙성과 미)을 발전시킴으로써 일상적 사회 생활의 합리적 조직화와 삶의 풍요를 이루는 것을 자신의 프로젝트로 기안한 것이다.11)

19세기 말경은 모더니티 이념의 절정기라고 부를 수 있는데, 사회 경제적 삶을 급격하게 바꾸어 놓았던 산업화 과정은 서유럽을 넘어 여타 세계까지도 포괄하기 시작했다. 이에 따른 세계 경제나 서구적 생활 방식의 글로벌화는 세계사의 모습을 형성하며 오늘날까지 계속해서 진행되고 있는 사회 변동의 원동력을 제공하였다.12)

한편, 마르크스는 현대사회로 넘어오는 원동력은 봉건 사회를 붕괴시킨 산업 자본주의라고 파악하여 모더니티의 진보성을 인정했으나 모더니티가 수반하는 소외나 비인간화 등의 모순은 사회주의로의 이행을 통해서 해결될 수 있다고 보았

---

10) 계몽주의는 진보, 이성, 과학을 자신의 모토로 내세우면서 전통적 권위에 대한 도전과 비판을 감행함으로써 편견과 미신의 폐지, 지식의 확대에 근거한 자연 지배 그리고 물질적 진보와 번영이라는 새로운 시대의 개막을 알리는 사상 운동이었다.

11) 김성기, 앞의 책, 23쪽.

12) 위의 책, 28쪽.

다. 막스 베버는 서구적 합리성의 전 사회적 차원으로의 확산, 합리화 과정의 절정이 산업 자본주의라고 파악[13]하여 자본주의적 합리성을 긍정하였다. 이러한 근대 이래의 모든 종류의 담론, 지식, 사상들은 모두 이 근대성의 조건들로부터 발생한 것이다. 예컨대 서구의 계몽사상, 마르크스주의, 데모크라시의 이념들이 모두 근대성의 조건과 연관되어 있으며, 근대성의 이념에 수렴된다.

근대성은 탈봉건을 실현하여 인간의 주체적 삶의 영역을 확장시켰고, 근대 이후 추진되어 온 산업화는 이성에 대한 절대적인 믿음에 기초하여 직선적인 성장을 추진함으로써 생산력의 비약적인 발전과 물질적 풍요를 가져 왔다. 그러나 20세기 후반에 들어오면서 상황은 달라지기 시작했다. 무한한 성장과 이성의 궁극적인 승리를 믿어 왔던 근대 기획은 뿌리째 흔들리고 있으며, 산업 문명의 기계론적 세계관, 합리적인 가치관 등에 대한 회의와 비판의 목소리가 공감을 얻고 있다.

한국적 상황에 있어서 근대성의 문제도 이와 무관하지 않다. 19세기 말 강제적 개항과 일제 파시즘에 의한 타율적 근대화는 우리 근대사를 왜곡하는 시발점이 되었거니와 해방 이

---

13) 위의 책, 32~33쪽.

후 좌우 이데올로기의 대립과 한국전쟁과 분단, 북한의 전체주의와 남한의 우익적 파쇼 체제는 파행적 근대화의 극단을 보여준다. 전쟁 이후, 남한의 정치·사회적 상황도 자유당 독제 체제와 5·16이라는 반동적 군사 쿠데타에 의해서 자유와 인권의 문제는 도외시되고, '선성장 후분배'라는 상황적 논리에 의해 억압적 근대화로 질주하기에 이른다. 또한 분단 체제의 공고화와 적대적 대치 상황은 남북한 모두 내부적 억압 체제를 정당화하는 상황적 기재로 악용되었다. 이러한 세계사적 근대화의 압축적 과정을 보인 한국의 근대화는 자본주의의 외형적 근대화와는 반대로 과정의 합리성이 결여되면서 모순과 갈등을 유발하였다.

2) 근대성과 미적 근대성

먼저 용어상의 개념을 규정한다면, 근대성modernity은 역사적·철학적 개념이고, 근대화modernization는 사회·경제와 관련된 개념이며, 모더니즘modernism은 이에 대한 심미적·문화적 개념을 가리킨다고 할 수 있다. 따라서 예술사조로서의 모더니즘은 19C 말~20C 초 서구 예술의 전위적 실험적 예술 운동으로 기껏해야 50여 년에 불과하지만, 근대성은 르네상스로부터 무려 4, 5백년 이상 계속되어 온 것이다.[14] 이러한 근대성을 로버트 B. 피핀은 다음과 같이 그 특징을 일괄한다.

1) 공통된 언어와 전통에 기초를 둔 단일국가 성립
2) 이성의 권위 및 인식론의 우위
3) 대자연과 인간 본성의 규명을 자연과학의 권위에 의존
4) 삶과 자연현상을 탈신비화
5) 모든 개인의 천부적 권리, 특히 자유와 자기 결정의 표현에 대한 권리 인정
6) 자유 시장 경제 제도 도입
7) 기독교적 휴머니즘에 기초

근대성은 인간의 삶을 과거보다 한결 발전되고 개선된 것으로 파악한다.15) 이러한 역사적·철학적 바탕 위에서 실현된 근대화는 사회, 경제 분야에서 모더니티가 구체적으로 실현되는 과정을 가리킨다. 위르겐 하버마스Jürgen Habermas에 의하면 '근대화'는 자본 형성, 자원 동원, 생산력의 발전과 노동 생산성의 증대, 중앙집권화된 정치권력의 수립과 국가적 정체성의 형성, 도시적 삶의 형식, 가치와 규범의 세속화 등을

---

14) 김욱동, 『모더니즘과 포스트모더니즘』, 현암사, 1992, 27쪽.
15) 위의 책, 26~27쪽.

목표로 내세우는 자본의 발전 이데올로기 내에서 작용한
다.16) 요컨대, '근대성'이 그 과정에서 과거와 단절하고 새로
운 것으로 자신을 갱신하는 사유방식이나 속성이라면, '근대
화'란 봉건제에서 자본주의로의 이행과 그에 따른 제반 사회
적 변화의 양상을 의미한다고 할 수 있다.

대부분의 논자들은 근대성이 구체적으로 발현된 역사적
시기를 18세기 중엽의 계몽주의 시기로 간주하고 있다. 계몽
주의는 근대 초기 신흥 부르주아 계층의 세계관을 반영한 것
으로, 봉건 질서를 지탱했던 형이상학적 신학적 세계관을 깨
뜨리고 이성적 주체에 의한 인간 해방, 자연의 탈신비화, 일직
선적 합목적적 시간관에 의한 진보의 개념 등을 그 이념으로
하고 있다.

이와 같은 사회·역사적 개념으로서의 근대성과 대립되는
것이 바로 모더니즘이다. 여기서 말하는 모더니즘이란 근대
문학의 한 갈래로 보는 것이 옳다. 그것은 리얼리즘이라는
근대 문학의 또 하나의 흐름이 있기 때문이다. 모더니티는
본질적으로 서구 문명사의 한 단계를 가리키는 것이 보통이
지만, 이를 역사적 모더니티historical modernity와 심미적 모더니

---

16) 위르겐 하버마스, 장은주 옮김, 『의사소통의 사회이론』, 관악사, 1995, 223~
225쪽.

티]aesthetic modernity라는 두 유형으로 범주화하면, 역사적 모더니티는 부르주아 계층과 매우 밀접한 관련을 맺고 있다. 즉, 발전의 원칙, 과학과 기술의 가능성, 이성 숭배, 그리고 자유의 관념 등은 르네상스 이후 발흥한 부르주아 계층의 가치관이나 거의 다름없다. 한편, 심미적 모더니티는 오히려 부르주아 계층의 가치관과는 크게 배치되며, 어떤 의미에서는 반(反)부르주아지적 특성을 출발점으로 삼고 있다.17) 따라서 휴머니즘과 이성은 역사적 모더니티를 규정짓는데 핵심이 될 뿐 심미적 모더니즘의 특성은 될 수 없다. 오히려 모더니즘의 특성은 휴머니즘과 이성을 부정하는 입장을 취한다.

이러한 관점에서 심미적·문화적 개념으로서의 모더니티는 '자본주의적 근대성'에 근거한 예술적 관습에 대한 저항18)으로서 의미를 지닌다. 부르주아적 근대성은 과학적 진보와 합리성에 힘입어 많은 분야에서 물질적, 제도적 근대화를 이룩했으나 그것이 낳은 폐단에 의해 사물화(事物化, 物化, reification)라는 비인간적이고 반근대적인 현상을 가져왔다. 이에 모더니즘은 이러한 병리현상이 만성화된 현실에서 반근대성을 노출한 자본주의적 근대성과 부르주아적인 예술적 관습에 저항한

---

17) 마테이 칼리니스쿠, 이영욱 외 옮김, 『모더니티의 다섯 얼굴』, 시각과언어, 1994, 53~54쪽.
18) 나병철, 『근대성과 근대문학』, 문예출판사, 1995, 149쪽.

것이다.[19]

미적 근대성은 다시 이 근대성의 경험을 반영하면서 반발하고, 수용하면서 저항한다. 따라서 미적 근대성은 (역사철학적) 근대성과 단순한 대립관계에 있는 것이 아니라, (역사철학적) 근대성의 측면과 그것에 저항하는 측면을 아울러 가지고 있는 것이다. 모더니즘의 자본주의적 (부르주아적) 근대성에 대한 저항은 주로 미학적인 방법(내적 독백interior monologue, 의식의 흐름stream of consciousness, 꼴라주collage, 몽타주montage 등)인 점에서 정치적으로 반발하는 마르크스주의와 구별된다.[20]

3) 리얼리즘과 모더니즘

한편, 모더니즘보다 앞서 근대문학의 한 형태로 등장한 리얼리즘realism의 맥락을 이해할 필요가 있다. 리얼리즘은 자본주의적 현실의 모순을 총체적으로 재현한다는 미학적 명제 아래, '비판적 리얼리즘critical realism'에서 '사회주의 리얼리즘socialist realism'로 확대·심화되면서, 현실을 내용적·외부적으로

---

19) 위의 책, 150쪽.
20) 위의 책, 43쪽.

비판하였다. 그러나 모더니즘은 리얼리즘이 비판력을 견지하기 어려워진 역사적 단계에서 등장한다. 그것은 자본주의 병리적 모순인 사물화 현상 및 그로 인한 소외와 연관되어 있다. 총체적 현실 인식이 가능했던 19세기(리얼리즘 시대)와는 달리, 자본주의의 외적 팽창은 내적 균열을 초래하여 현실의 파편화와 사물화를 낳았기 때문이다. 그러한 소외를 경험하면서도 모더니즘은 파편화된 현실을 통해서라도 총체성을 구현하려고 시도했고, 단편적인 삶을 매개로 총체성을 획득하려는 시도는 재현원리 대신에 다양한 미학적 혁신에 경도하게 한다. 요컨대, 근대문학의 두 가지 흐름인 리얼리즘과 모더니즘은 각각 자본주의의 발전단계에서 나타난 것이며21) 이러한 맥락에서 재현적 관습을 거부하는 모더니즘은 다양한 미학적 혁신을 통해서 자본주의적 근대성이 내재된 부르주아적 예술의 관습에 저항하였다.

모더니즘의 미학은 형식과 기법을 중시한다. 이는 기존의 형식들을 혁신하는 (전통의 거부라는 근대성의 원리) 방법

---

21) 프레드릭 제임슨Fredric Jameson은 에른스트 만델Ernest Mandel이 구분한 '시장 자본주의', '독점 자본주의', '후기 자본주의'라는 자본주의의 발전 단계에 각각 리얼리즘과 모더니즘 그리고 포스트모더니즘이라는 문화 형식을 대응시킨다.(에른스트 만델, 이범구 옮김, 『후기자본주의』, 한마당, 1985, 18쪽; 프레드릭 제임슨, 「후기자본주의의 문화논리」, 강정호·강내희 편, 『포스트모더니즘론』, 터, 1989, 178~179쪽.)

자체가 예술적 원리를 구성하기 때문이다. 이러한 모더니즘
의 폭발적 다양성은 게오르크 루카치Georg Lukács를 비롯한 일
부 마르크스주의자들로부터 무원칙한 개인주의를 지향하는
퇴폐적 부르주아 미학으로 비판받기도 하였다. 모더니즘이
형식 편향을 지니긴 하지만, 그 형식주의 속에는 자본주의
이데올로기를 파괴하는 잠재력이 내재되어 있다. 그것은 자
본주의적 근대성의 이데올로기를 재생산하는 예술적 관습을
파괴하기 때문이다.22)

　　따라서 모더니즘은 자본주의 모순의 이데올로기적 재생산
을 배제하기 위하여 전통적인 예술적 관습의 혁신을 가져왔다.
이에 모더니스트들은 재현의 원리를 거부하는 대신 현실에
대한 예술적 표현을 자기인식적으로 드러낸다. 모더니즘은
리얼리즘과 같이 '내용적'으로 현실을 비판하는 것이 아니라
자기 인식적 '형식' 자체 속에 그 힘을 포함시키는 것이다.23)

　　모더니즘은 '몽타주', '꼴라주' 등의 공간적 형식을 통해 동
시성과 병치를 드러낸다. 몽타주는 시간적 연속성(통시성)을
공시화(공간화)하는 기법인데, 이외에도 내적 독백이나 의식
의 흐름 등의 기법이 사용됨으로써 서사성이 약화되는 양상

---

22) 나병철, 앞의 책, 185쪽.
23) 위의 책, 186쪽.

을 드러낸다.[24]

예술의 심미적 자율성과 자기 목적성을 근간으로 모더니즘 소설들은 시점, 시제, 인물의 측면에서 다음과 같은 양상을 드러낸다. 먼저, 시제는 주로 3인칭 과거시제 화법, 연대기적 서술방법을 취하는 예술적 관습에서 벗어나, 복수적 관점이나 1인칭 화법을 많이 사용한다. 인물 역시도 전통적인 작중 인물처럼 일관성 있게 행동하거나 쉽게 식별하도록 해주는 여러 가지 특징을 지니고 있지 않으며, 그들은 영웅이 아닌 반사회적 인물이나 낙오자이다.[25]

모더니스트들이 주조하는 시간은 시간관의 측면에서도 과거의 작가들보다 한결 더 유동적이고 주관적인 관점에서 파악하고 있는데, 이들은 일직선적이고 합목적적 시간인 기독교적 시간관을 거부하고, 시간의 변화를 간직하고 물처럼 개인의 의식에 흐르는 이교도적 시간을 추구한다. '의식의 흐름'이나 '내적 독백'과 같은 이들의 시간 파괴가 바로 이교도적인 시간에 연결되는 것이다.[26]

---

24) 위의 책, 187쪽.
25) 김욱동, 앞의 책, 82~87쪽.
26) 위의 책, 90~92쪽.

연 구 과 제

- 모더니즘의 미학적 원리의 측면에서 최명익의 「心紋」 (1939)의 기법적 특징을 설명해 보시오.

제2장 인물과 갈등 양상

제2장 인물과 갈등 양상

1. 소설의 인물과 문제적 개인

앞서 언급한 바와 같이 소설^{novel}의 인물은 장삼이사張三李四이거나 낙오자들이다. 이러한 인물의 특징은 단순한 사회계층론의 입각해서라기보다는 세계와의 근본적인 불화로 인해 현실로부터 소외되어 있다는 뜻이다. 루카치는 『소설의 이론』에서 이를 문제적 개인$^{problematic\ individual}$으로 명명했으며 이는 근대사회 이후에 나타난 소설의 인물의 특징을 가리킨다. 그는 소설이 그 이전의 서사양식인 로망스와 구별되는 가장 커다란 특징을 소설의 주인공과 세계 사이의 근본적인 불화 관계에서 찾고 있는데, 개인과 세계 사이의 불화의 관계는 조화로운 총체성^{totality}의 깨어짐에서 비롯되었다고 본다. 그에 따르면 소설의 주인공은 세계와 개인 사이에 놓인, 근본적으로 화해할 수 없는 내적 괴리의 산물이다. 근대 이전의 세계에도 영웅을 괴롭히는 악한이 있고, 착한 이를 해치는 죄인들이 있지만, 그 험난한 모험 속에서도 자아와 세계가 근본적으로 동질적일 때는 그 세계는 친숙하고 아늑한 곳으로 남아 있다. 그 세계는 루카치의 『소설의 이론』의 서두를 장식하고 있는 황홀한 문장이 가리키는 공간이다.

> 별이 빛나는 창공을 보고, 갈 수가 있고 또 가야만 하는 길의 지도를 읽을 수 있던 시대는 얼마나 행복했던가? 그리고 별빛이 그 길을 훤히 밝혀주던 시대는 얼마나 행복했던가? 이런 시대에서 모든 것은 새로우면서 친숙하며, 또 모험으로 가득 차 있으면서도 결국은 자신의 소유로 되는 것이다. 그리고 세계는 무한히 광대하지만 마치 자기 집에 있는 것처럼 아늑한데, 왜냐하면 영혼 속에서 타오르고 있는 불꽃은 별들이 발하고 있는 빛과 본질적으로 동일하기 때문이다.[27]

여기서 "영혼 속에 타오르는 불꽃"과 "별들이 발하고 있는 빛"이 동일하다는 것은 개인과 세계 사이에 어떠한 불화도

---

27) 게오르크 루카치, 반성완 옮김, 『소설의 이론』, 심설당, 1998, 25쪽.

없는 총체성의 세계를 가리킨다. 앞서 말했지만, 이 속에서 벌어지는 모험은 극적 고난을 동반한다고 할지라도 단지 외적인 것에 불과할 뿐 자아와 세계의 근본적인 불화와 화해의 불가능성을 지칭하는 것이 아니다.

그러나 그와 같은 내적인 총체성이 깨어졌을 때, 이 세계는 개인에게 더 이상 친숙하고 아늑한 장소가 아니다. 세계의 총체성은 파편화되어 버리고 천상의 별은 더 이상 가야할 길을 밝혀주는 지도가 되지 못한다. 그런 의미에서 소설의 인물은 총체성의 상실을 전존재적으로 체현하는 존재이며 이때 소설은 사라진 총체성을 찾아가는 개인의 내적인 모험의 기록이다. 근대 이전의 서사양식에서 나타는 통일적 세계관을 표상하던 인물은 실낙원을 경험하는 아웃사이더로 변모한다. 문제적 개인은 대체로 광인이나 범죄자 등의 성격을 지니는데, 이는 자본주의적 질서와 기존의 관념체계 안에서 소외되거나 이에 맞서는 인물이다. 그는 항시 타락한 사회에서 진정한 가치를 꿈꾸지만 그 갈망은 반드시 패배로 귀결되며, 소설은 이러한 가치실현의 불가능성을 통해 그 가치의 부재를 드러낸다.

한편 루시앙 골드만Lucien Goldmann은 『소설사회학을 위하여』에서 루카치의 문제적 개인의 개념을 적용하여, 소설을 "타락한 사회에서 타락한 방식으로 진정한 가치를 추구하는 서사

양식"이라고 정의한다. 골드만은 문제적 주인공의 개인을 자본주의의 사물화된 가치의 타락현상과 결부시킨다. 골드만은 주인공의 타락은 주로 매개화 현상mediatisation, 즉 진정한 가치가 내재적 차원으로 끌려 들어감으로써 자명한 현실로서는 저버리는 현상으로 표현된다[28]고 설명한다. 인간과 상품 사이의 자연적이고 건전한 관계는 물건의 사용가치use value에 지배될 때이지만, 교환가치exchange value라는 생산형태에 의해 만들어진 새로운 경제 현실이 매개화 현상이다. 때문에 인간의 의식과 생산이 맺고 있던 관계가 배제되거나 혹은 내재적인 것이 되어 버리는 것이다.[29] 또한 골드만은 현대의 사회생활의 가장 중요한 부분인 경제적 생활 속에서 대상의 질적 측면과 인간 사이의 모든 진실된 가치는 소멸되어 가고—인간과 사물 간의 관계, 인간 간의 관계도 역시 그러하다—매개되고 타락한 관계, 즉 철저히 수량적인 가치만을 지닌 관계로 대체되어 가고 있다[30]고 본다.

그에 따르면 자본주의 사회에서의 인간의 모든 관계는 교환가치로 전락하고 도구적 활용에 의해 매개된다. 그 과정에서 문제적 개인은 진정한 사용가치를 갈망하는데, 자본주의

---

28) 골드만, 조경숙 옮김, 『소설 사회학을 위하여』, 청하, 1982, 20쪽.
29) 위의 책, 21쪽.
30) 위의 책, 22쪽.

의 사물화된 구조는 이러한 진정한 가치에 대한 갈망을 거부하기 때문에 인물을 스스로 타락할 수밖에 없는 아이러니가 발생하고 이를 통해 진정한 가치의 부재를 환기하게 된다. 이러한 측면에서 소설은 문제적 개인의 형상을 통해서 자본주의적 체제에 대한 하나의 저항의 자격을 획득한다.

2. 인물론의 한계와 모색

인물의 성격화characterization 방법은 직접 한정direct definition과 간접 제시indirect presentation로 구분되어 왔다. 전자가 인물의 기질이나 속성을 설명expository하는 말하기telling에 해당한다면, 후자는 이를 극적dramatic으로 제시하는 보여주기showing에 대응한다. 전통적으로 서사물에 사용되어 왔던 직접 제시는 20세기 들어 가급적으로 회피의 대상이 되거나 열등한 방법으로 취급되기도 했다.[31] 이는 직접적인 작가의 해설이나 침입적 논평이 독자의 상상력을 제약한다는 생각 때문인데, 보다 거시적인 맥락에서는 예술의 중심이 사상이나 주제에 있는 것이 아니라 그것을 형상화하는 과정에 있다는 형식주의

---

31) 한용환, 『소설학 사전』, 고려원, 1992, 16쪽.

적 문학관과 문학 작품의 궁극적인 의미는 그것을 산출해 낸 작가가 아니라 소비자인 독자에게 귀속된다는 사회론적 인식32)이 내재되어 있다. 그러나 전적으로 가치중립적이고 객관적인 서술은 불가능하므로, 각각의 방법론은 작품 전체에 걸쳐 효과적인 표현 수단으로 취택되는 것이라고 보아야 한다. 문제는 이렇게 인물의 형상화 방법을 구분하고 그 의미를 부여한다고 해도 이 방법론이 조명하는 서술 양상의 가치는 그리 크지 않다는 데 있다.

한편, 기존 소설론에서 인물 유형은 역할에 따라 주동인물 protagonist과 반동인물antagonist, 서사의 비중에 따라 주요인물 major character과 부차적 인물minor character, 성격에 따라 전형적 인물typical character과 개성적 인물particular character, 성격 변화의 유무에 따라 평면적 인물flat character과 입체적 인물round character, 생의 국면에 따라 비극적 인물tragic character과 희극적 인물 comedical character로 구분해 왔다. 그러나 이러한 정형화된 인물 유형론은 현대소설의 인물을 분석하는 데 그 유효성을 모두 상실했다고 할 수 있다. 더 나아가 현대소설의 인물들은 입체적이면서도 개성적 인물이 주를 이룬다는 덧말과 함께 소설의 인물은 전형의 구현에 그 핵심이 있고 여기에 개성이 추가

---

32) 위의 책, 15쪽.

되어야 살아 있는 인물이 된다는 췌언은 인물 유형론의 식상한 결말을 대신한다.

사실상 현대소설의 갈등 구조는 인물과 인물의 대립 양상이라기보다는 알레고리화된 세계의 지배질서나 소설의 배면에 도사리고 있는 지배 이데올로기와의 대립 양상을 띤다고 봐야 한다. 현대소설은 더 이상 텍스트 내부의 인물 간의 소극적 관계성의 문제나 유형화된 갈등의 요소에서 벗어나서 지배 이데올로기에 맞서거나 혹은 굴복하고 마는 상황성에 주목할 것을 요구한다. 그럼, 김승옥의 소설에 나타난 세계 질서와 그에 길항하는 인물의 행위의 국면을 살펴보기로 한다.

1) 도시 체험과 고향 상실

김승옥 소설에 나타나는 고향상실의 문제는 「무진기행」의 '무진'과 '서울'의 공간적 의미 분석을 통해서 확인할 수 있다. 이 작품은 부유한 아내 덕분에 제약회사 전무로의 승진이 약속되어 있는 '나'(윤희중)가 젊은 날의 고통과 비애가 숨쉬고 있는 '무진'에서 이박삼일의 시간을 보내고 다시 떠나는 여로형의 작품이다. 이 작품에서 '도시'와 '고향'의 대비적 구조는 '서울'과 '무진'의 의미와 상통한다. 즉 도시적 삶의 공간은 일상적이고 세속적인 공간으로서 전무 승진을 앞두고 있는

'윤희중'의 출세와 연결된다. 이러한 '윤희중'에게 '무진'은 어떠한 의미를 지니는 공간인가?

내가 나이가 좀 든 뒤로 무진에 간 것은 몇 차례 되지 않았지만 그 몇 차례 되지 않은 무진 행이 그러나 그때마다 내게는 서울에서의 실패로부터 도망해야 할 때거나 하여튼 무언가 새출발이 필요할 때였다. 새출발이 필요할 때 무진으로 간다는 그것은 우연이 결코 아니었고 그렇다고 무진에 가면 내게 새로운 용기라든지 새로운 계획이 술술 나오기 때문만도 아니었었다. 오히려 무진에서의 나는 항상 처박혀 있는 상태였었다. (중략)

그렇다고 무진에의 연상이 꼬리처럼 항상 나를 따라다녔던 것은 아니다. 차라리, 나의 어둡던 세월이 일단 지나가버린 지금은 나는 거의 항상 무진을 잊고 있었던 편이었다.

(무진기행, 1, 128~129, 강조 – 인용자)[33]

윤희중에게 있어 고향 '무진'은 징병기피와 골방에서의 수음, 그리고 독한 담배꽁초로 대변되는 어둡던 청년 시절이 있었던 공간이고, 이러한 어두운 자아의 모습과 마주 대할

---

33) 기본 자료는 김승옥, 『김승옥 소설 전집』 권1~권3, 문학동네, 1995이며 인용문의 출전은 (작품명, 전집 권수, 페이지) 순으로 적기로 한다.

수 있는 무진은 현실적 공간으로서의 '서울'의 후면에 존재하는 내면적 공간이다. 이러한 고향의 모습은 「생명연습」에서 낯선 사내를 집안에 들인 어머니를 죽이자는 제안을 해오는 형, 그리고 이러한 형을 바닷가 절벽에서 떼미는 동생들이 존재하는 공간으로 나타난다. 또한 「乾」에서는 전쟁의 폐허 속에서 동네 누나 '윤희'의 윤간에 가담하게 되는 어린 '나'가 있는 공간이며, 「환상수첩」에서는 서울에서 깊은 상심을 안고 고향으로 도피하는 '정우'와 폐침윤 2기 진단을 받고 고향에 내려와서 춘화를 제작하는 '임수영'과 집에 불이나 눈을 뜰 수 없게 된 '김형기', 그리고 몸무게가 병적으로 가벼워 징병 면제를 받은 '김윤수' 등의 불구적 인물들이 존재하는 음울한 공간이다.

따라서 김승옥 소설에 나타나는 고향은 전쟁의 상처와 그로 인한 정신적 외상이 고스란히 살아있는 공간이다. 이때, 고향은 성장기의 좌절과 방황이 점철된 정신적 외상의 원적지로서의 의미를 지닌다. 반대로 김승옥 소설에서 도시는 전쟁의 상처와 성장기의 방황을 고향에 묻어둔 상경인上京人들이 자본주의적 삶의 질서 안에서 성공과 좌절을 경험하는 공간이다. 이러한 고향과 도시의 관계 속에서 고향은 안식과 평안을 주는 휴식의 공간이라기보다는 정신적 원적지로서 자신의 내면을 응시할 수 있게 해주는 제의적 공간으로 나타난다.

이러한 고향의 의미를 가장 잘 보여주는 작품은 「무진기행」
이다. 이 작품에서 '윤희중'은 어둡던 세월이 일단 지나가 버
리고 출세가도를 달리기 시작하면서부터 무진을 잊고 있던
편이었다고 술회한다. 여기서 고향을 잊는다는 것은 '돈'과
'빽'으로 표상되는 도시적 삶에로의 편입 내지 동화를 의미한
다. 이러한 현실은 인간의 의지와는 상관없는 생산 양식을
산출함으로써 사물화, 추상적인 노동, 환상적인 욕망의 문제
를 낳게 하는데,[34] 이것은 자본주의적 일상에서 현대인들이
경험하게 되는 일반적인 소외의 양상이다. 따라서 이와 같은
근대적 타자성 자체가 함의하는 고향상실은 타락으로서의 입
사initiation이다. 바로 여기서 「무진기행」의 '윤희중'은 도시에
서의 성공을 떳떳하게 느끼지 못하고 수치로 인한 도피로서
'무진'으로 귀향을 하게 되는 것이다. 결국 「무진기행」은 도시
화, 세속화라는 욕망으로 변신된 자아에 대한 성찰이라는 의
미를 지니며, 이는 '나'가 무진에서 자신의 분신과 같은 인물
들을 통해서 자신의 모습을 확인하게 된다. '나'는 고향 '무진'
에 며칠 머물면서 겪었던 일들과 만난 사람들—거리의 광인,
순수를 유지하고 있는 중학 후배, 세무 서장, 음악 선생—과
안개, 골방의 회상 등등의 모티프를 통해서 지난날의 자신을

---

34) 정문길, 『소외론 연구』, 문학과지성사, 1989, 85쪽.

탐색하고 있다.[35] 여기서 세무 서장이 된 '조', 무진을 떠나고 싶어하는 '하인숙', 순수함을 유지하고 있는 중학 후배 '박' 등의 인물은 '나'를 구성하는 분신들이다.

이러한 도시적 공간에서의 '고향 상실'은 「누이를 이해하기 위하여」에서 보면, 화려한 도시의 불빛에 이끌려 도시로 간 누이의 이야기를 통해서 그 일면을 확인할 수 있다.

누이는 도시로 갔었다. 어머니와 내가 누이를 도시로 보냈었다. 그리고 며칠 전 갑자기, 거진 이 년 만에 이곳으로 다시 돌아왔었다. 누이가 도시에 가 있던 그 이 년 동안 나는 얼마나 지금 우리 앞에서 지상을 포옹하고 있는 이 자연 현상들에게 누이의 평안을 빌었던가. 그러나 도시에서는 항상 엉뚱한 일이 일어나는 모양이었다. 어떠한 일들이 누이를 할퀴고 지나갔었을까, 어떠한 일들이 누이를 빨아먹고 갔었을까, 어떠한 일들이 누이를 찢고 갔었을까, 어떠한 일들이 누이에게 저런 침묵을 떠맡기고 갔었을까.

(중략)

누이가 돌아오고, 누이가 도시에서의 기억을 망각하려고 애쓰는 듯한 침묵 속에 빠져드는 것을 보고 우리는 아마 누이가 도시

---

35) 현길언, 『한국현대소설론』, 태학사, 2002, 266쪽.

제2장 인물과 갈등 양상   47

에서 묻혀온 고독이 병균처럼 우리 자신들조차 침식시켜 들어오는 것을 느끼게 되었다.

(누이를 이해하기 위하여, 1, 101~102)

바다가 있는 고향을 떠나 도시로 간 누이[36]는 이 년 만에 다시 고향에 내려온다. "도시가 범해오지 않는 한, 우리는 한 고장을 지키기에 충분한 만족"을 가지고 있지만, 고향의 바다와 들과 해풍과 황혼을 떠나 도시로 간 누이는 온갖 상처를 간직한 채, 고향에 돌아와 침묵으로 도시가 남긴 상처에 항거한다. 여기서 도시란 근대의 표상으로서 자본주의적 삶의 질서와 논리로 형성된 공간이다. "차게 빛나는 푸른색의 아스팔트 위에 그들의 영혼과 육체를 눕혀버리고 말" 패배와 좌절은 바로 배금주의와 도회적 어법에 길들여진 인간관계 속에서 나타나는 소외이다. 이러한 도시적 삶은 자신이 떠나온 고향을 간절하게 그리워하게 한다.

별도 보이지 않는 밤에, 고향의 논두렁이 그리워서 중랑교 쪽 어느 논두렁에 가서 서다. 개구리들이, 거꾸려져라거꾸려져라거

---

36) 이는 1960년대 도시화와 산업화에 따라서 나타난 '이촌향도'와 관계된다. 김 승옥 소설의 주로 시골출신으로 도시에 상경한 인물들의 삶을 그리고 있는데, 그들이 경험하는 도시적 소외는 근대인의 고향 상실과 연관된다.

꾸러져라,고 내게 외쳐대다.

(누이를 이해하기 위하여, 1, 110)

기차는 어둠 속으로 사라져갔다. 그 기차가 고향으로 가는 기
차라는 걸 나는 알았다. 창마다 환한 불빛을 쏟아내며 기차는 남
쪽으로 사라져갔다. 기차의 맨 뒤칸에 붙은 빨간 등조차 어둠 속
으로 잠겨버릴 때까지 나는 서 있었다. 저 기차를 타면 내일 아침
엔 고향에 도착할 거다. 그리고 남쪽은 따뜻한 거다. 왜 이 추위
속에 나만 남아 있느냐.

(확인해본 열다섯 개의 고정관념, 1, 123)

여기서 고향을 떠나온 '나'는 고향을 간절히 그리워하지만,
고향에 돌아가는 것은 쉽지 않다. 서울에 올라온 이들은 마음
속에서만 고향을 그리워할 뿐이다. 도시라는 근대적 삶의 공
간에서 경험하게 되는 소외는 「서울 1964년 겨울」에서 아내
의 시체를 병원에 팔아버린 어느 서적 월부 외판원의 죽음조
차 방관하는 비정한 공간으로 나타난다. 이러한 도시적 경험
은 고향에 돌아와도 씻을 수 없는 상처로 남고, 돌아갈 수
없는 이들은 계속 마음속에서만 고향을 그리워하며 냉엄한
도시적 삶 속에서 던져진 채 살아가야 하는 것이다. 이렇게
고향으로부터 떨어져나간 이들이 부딪혀야 하는 도시적 삶

역시, 또 하나의 오욕abjection인 것이며, 이것이야말로 근대인
이 경험하게 되는 본향 상실의 비애다.

2) 도시적 삶의 논리와 사물화

피폐한 도시적 삶에서 나타나는 '자본'의 특성과 그 편입과
정은 「염소는 힘이 세다」에서 여실히 드러난다. 이 작품은
귀머거리 할머니와 어머니, 누나 그리고 서술자[37]인 '나'가
살고 있는 서울의 가난한 가정을 배경으로 염소의 죽음을 둘
러싼 사건들로 이루어져 있다. 의지할 데라고는 하나도 없는
가난한 가정에서 염소가 죽었다는 사실은 심대한 정신적·물
질적 상실감을 안겨주는 사건이다. 그런데 여기서 "염소는
힘이 세다"는 것은 무엇을 의미하는가? 이 작품에서 이러한
진술은 유년 화자인 '나'에 의해서 이루어지는데, 이러한 관점
은 고통스러운 가족의 현실에 비추어 볼 때, 하나의 아이러니
irony를 형성한다. 따라서 "염소는 힘이 세다. 그러나 염소는

---

37) '서술자'라는 용어는 이 책의 전체에 걸쳐 '화자'와 혼용되고 있다. 화자라는
   용어는 시학에서 시적 화자persona를 가리키기도 하지만 서사학에서는 모두 내레
   이터narrator를 지칭한다. "소설에서 서술자敍述者는 이야기를 말해주는 서술기능
   을 수행하는 허구적 화자話者를 말한다."(권영민, 『한국현대문학대사전』, 서울대
   학교출판부, 2004.)라고 정의하고 있는 것을 보아도 이 두 용어의 기본 의미가
   동일함을 알 수 있다.

오늘 아침에 죽었다. 이제 우리 집에는 힘센 것은 하나도 없다."는 진술은 이 가족의 고통스러운 삶의 모습을 반어적으로 전달하는 것이다.

염소는 힘이 세다. 그러나 염소는 며칠 전에 죽었다. 이제 우리 집에 힘센 것은 하나도 없다. 힘센 것은 모두 우리 집의 밖에 있다. 아저씨는 우리 집의 밖에서 살고 있다. 따라서 아저씨는 힘이 세다. 힘이 약한 사람은 힘이 센 사람에게 복종할 수밖에 없다.
아저씨는 말했다. "미련하게 염소를 왜 파묻어요? 그걸 이용해보도록 하세요. 꽃 파는 것보담야 훨씬 나을걸요." 할머니도, 병을 앓고 누워 계신 어머니도 아저씨의 의견에 고개를 끄덕거리셨다. (중략) 우리 집에 죽어버린 힘센 염소가 털이 벗겨지고 여러 조각으로 잘려져서 그 가마솥 속에 들어가 앉았다. 부엌에 뚝배기가 많아졌고 누나는 추운 날씨임에도 불구하고 이마에 땀이 송글송글 돋을 만큼 뚝배기 속에서 뛰어다니지 않으면 안 된다.
(염소는 힘이 세다, 1, 249~250, 강조 – 인용자)

이렇게 염소는 아저씨의 제안에 따라 "정력 보강 염소탕"으로 팔리게 되고, 온 집안에는 고약한 고깃기름 냄새로 진동하게 된다. "힘이 약한 사람은 힘이 센 사람에게 복종할 수밖에 없다."는 진술에서 나타나듯이 이 가정의 사람들은 이제

외부의 힘에 의해서 현실을 수용하게 된다. 즉, 이전까지는 어머니와 누나가 종로 거리를 오락가락하며 하던 '꽃장사'와 "돼지기름보다 더 고약한 냄새"를 풍기는 '염소탕 장사'는 생계수단의 전환이라는 의미를 넘어서 가족의 삶 자체를 뒤바꾸어 놓는다. 이는 염소, 고깃기름의 동물적 이미지와 꽃을 파는 어머니와 누나의 식물성 이미지로 대비되는데, 식물성 이미지와 대비되는 동물성 이미지는 외부의 힘과 자본을 상징하고, 염소의 죽음을 계기로 이 가정이 이를 받아들인 것으로 볼 수 있다.

이러한 현실 논리의 수용은 '누나'를 통해서 보다 극명하게 드러난다. 염소탕 장사를 시작하고 단골 손님이 늘어갈 즈음, '합승 정거장 사내'가 염소탕을 먹으러 왔고, 누나에게 지분거리던 그는 급기야 헛간에서 누나를 강간하게 된다. 그러나 이 사건은 누나가 합승 버스 안내양으로 취직되는 계기가 되었고, 그녀는 "아무것도 아냐, 나도 취직할 수 있을 뿐일걸"이라는 식으로 상황을 용인한다. 염소는 어쨌든 누나를 힘세게 만들어준 것이다.

요컨대, 이 작품은 서울의 가난한 가정을 배경으로 염소의 죽음을 계기로 한 가정의 구성원들이 힘과 자본의 현실 논리를 어떻게 수용하고, 그에 편입해 가는가 하는 점을 보여주고 있다. 이러한 현실 입사 과정은 결국 힘과 자본에 대한 정신적 굴복과 타락의 의미를 함의하고 있다.

　김승옥의 소설에서 근대 사회의 규율과 제도성의 문제는 「力士」의 '양옥집'의 질서가 이를 암시적으로 제시한다. '창신동' 빈민촌에서 깨끗한 양옥집으로 이주해 온 '나'는 이 집의 질서를 다음과 같이 진술하고 있다.

　　가풍이 없는 가정은 인간들의 모임이 아니다. 가풍이란 질서 정신에 의해서 성립되어야 한다.

　　(중략)

　　가풍, 내게는 낯설기 짝이 없는 단어였지만 며칠 동안에 나는 그 말의 개념이 아니라 바로 그의 실체를 온몸에 느끼게 되었다. '규칙적인 생활 제일주의'가 맨 먼저 나를 휘감은 이 집의 가풍이었다.

(力士, 1, 73~74)

　위의 인용문에서 드러나듯이 창신동의 무질서한 생활과는 반대로 양옥집에는 이른바 "규칙적인 생활 제일주의"라는 질서 있는 공간이다. 이에 따라서 아침 6시 기상, 아침 식사, 출근 혹은 등교, 오전 10시경 며느리와 할머니가 돌리는 미싱 소리, 12시경 라디오 음악 소리, 오후 4시엔 며느리가 연주하는 '엘리제를 위하여', 오후 6시 반 모든 식구 귀가와 저녁식사, 식후 10여 분 잡담, 끝나면 자기 방에 들어가서 공부, 10시 5~6분 경 식모가 주전자와 컵을 대청마루에 놓는 달그락 소리, 그 소리가 그치면 모두 문을 열고 나와서 한 컵씩 물을 마시고 '안녕히 주무십시오'를 한 차례 돌리고 취침, 이렇게 규칙적인 생활의 리듬에 의한 "정식표式의 생활"[38]은 '나'에게는 낯설고 곤혹스러울 수밖에 없다.

처음에 나는 이 집에 대하여 존경심을 가졌다. 그러나 나는 이내 그것이 처음 보는 경치에 보내는 감탄과 같은 성질의 것밖에는 되지 않음을 알았다. 이해와 감정과는 별개의 문제라는 것을 발견한 것도 그때였다. 이 가족의 계획성 있는 움직임, 약간의 균열쯤은 금방 땜질해버릴 수 있도록 훈련되어 있는 전진적 태도, 무엇인가 창조해내고 있다는 듯한 자부심이 만들어준 그늘 없는 표정—문화라는 말을 쓸 수 있는 인간이 희구하는 것이 아니었던가.

(중략)

나는 이 양옥의 식구들 생활을 빈 껍데기에 비유하고 있었다. 빈 껍데기의 생활, 아니라면 적어도 방향이 틀린 생활, 습관적인 생활

---

38) 푸코가 말하는 '감시와 처벌'이라는 근대 사회의 메커니즘에서 보았을 때, 이는 감옥에서 규율에 따른 시간표에 의해서 수감자들의 행위가 감시되는 것과 유사하다. 수감자의 신체는 이러한 시간표에 의해 길들여진다. 푸코는 여기서 권력이 인간의 신체에 작용하는 것에 주목한다. 이렇게 길들여진 규율로 인해서 주체는 권력의 수인囚人으로 전락하게 된다.

에 불과하다는 생각이 나를 끌고 갔다.

(力士, 1, 86, 강조 - 인용자)

위의 인용문에서 결국 '나'는 '양옥집'의 규율discipline에 대
하여 반감을 나타내고 있음을 확인할 수 있다. '양옥집'의 규
칙적인 생활에 의한 전진적 태도나 창조의 자부심이 사실은
어떠한 보이지 않는 규율에 의해서 강제되는 것이며, 이러한
규율이 내면화된 식구들의 생활은 '빈 껍데기'에 불과한 것임
을 자각하고 있는 것이다. 이것은 근대의 규율화된 제도성에
대한 반감이며 근대의 '풍경'에 대한 비판적 인식이다. 여기서
'나'가 '양옥집'의 풍경을 발견할 수 있었던 것은 '빈민가'의
삶에서 이질적인 '양옥집'의 생활을 하게 되었기 때문이다.
곧, 그 둘 사이의 간극이 '나'에게 비판적 거리를 확보해 준
것이 된다. 그러나 '양옥집'의 식구들은 그 풍경이 내면화되었
기 때문에 규격화된 삶을 자각하지 못하고, 그 풍경의 기원을
발견할 수 없는 것이다.39)

---

39) 물론, 「力士」는 액자소설로 되어 있고, 내화의 두 공간—창신동 빈민가와 양옥
집—에서의 생활에 대하여 이야기를 들려준 젊은이가 피화자인 '나'에게 판단을
요구했을 때("어느 쪽이 틀려 있었을까요?") 나는 "글쎄요."라고 대답할 뿐 어느
쪽으로도 판단을 하지 않는다. 하지만, 이러한 판단 유보는 외화에서 피화자의
것이고, 내화의 경우 화자는 결국 '양옥집'의 생활에 대해서 분명 반감을 나타내

이와 같이 양옥집의 질서는 근대적 제도와 그에 따른 규율과 합리성을 의미하지만, 그 질서가 할아버지의 독단적인 결정과 지침에 의해서 이루어지는 것이기 때문에 내용적으로는 매우 봉건적이고 가부장적이다. 따라서 이 양옥집이라는 공간은 봉건과 근대가 공존하는 아이러니컬한 양태를 드러낸다. 이와 같은 공간의 상징은 사회사적 맥락에서 바라보면, 외면적으로는 근대적 제도와 규율로 변화했지만, 내면적으로는 전통적 권위주의 체제를 유지하고 있었던 1960년대 한국 사회에 대한 환유40)로 파악할 수 있다.

고 있으며, '양옥집'의 규율의 실체를 발견하는 쪽으로 나아간다.

40) 김치수는 빈민가의 삶을 현대사회의 혼돈적, 무정부적 양상의 알레고리로, 양옥집의 질서를 고도의 능률화로 돌진하는 현대 메커니즘의 한 축소판으로 파악하였다.(김치수, 「아웃사이더·독백의 미학」, 『한국현대소설론』, 형설출판사, 1983, 394~395쪽.)

연 구 과 제

• 다음에 인용된 작품에서 등장인물들의 성격을 파악해
보고, '직접 한정'과 '간접 제시' 부분을 찾아 그 방법론
적 의의에 대하여 설명해 보시오.

아버지가 잠에서 깨어났다. 다음에 그가 무엇을 할지는 뻔하
다. 그는 바닷가로 갈 것이다. 그는 사막에서 갈증을 느꼈기 때문
이다. 꾸부정한 어깨에 낚시 가방을 둘러메고 집을 나서는 그의
모습은 사막을 걷는 낙타처럼 지루하고 언제나 무표정했다. 아
버지는 갔다 온다는 말도 없이 대문을 쾅 닫고 사라졌다.

집에 있기가 무료해진 나는 어머니가 있는 가게에 나갔다. 그
럴 때마다 엄마는 같은 말을 했다.

"네 아버지 또 나갔니?"

나는 아무 말도 하지 않았다.

"해 지기 전에 방파제에 가서 아버지 데려와라. 네 아버지 물
귀신 되겠다."

"이젠 지겨워요. 엄마는 왜 같은 말만 하세요? 아버지는 왜
늘 같은 곳에만 가세요? 이젠 내가 미칠 것 같아요."

이번에는 어머니가 아무 말도 하지 않았다.

아버지는 늘 사막과 바다를 오가며 살았다. 그에게 세상은 사
막이면서 바다였다. 방파제에 나가면, 아버지는 릴낚시에 빠져
있었다. 낚싯대가 부러질 정도로 휘어지는 모습이 연출될 때마
다 아버지는 고기를 낚아 올렸다. 살림망에는 우럭과 돔 등이
가득했다.

"아버지, 어머니가 오시래요."

"그래, 조금만 있다가."

"아버지! 매일 물고기만 먹고 살아요?"

아버지는 아무 말이 없다.

"매일 어머니가 매운탕을 끓여야 하잖아요. 난 이제 냄새 맡기도 싫어요."

매일 앵무새처럼 반복되는 말들. 나는 어둠 속에서도 일그러지는 아버지의 표정을 알 수 있었다. 아버지가 낚싯대를 접었다. 집으로 걸어오면서, 나는 아버지가 금방이라도 울음을 터뜨릴 것 같아, 아버지의 손에 내 작은 손을 끼워 넣었다.

—졸고, 「물의 사막」(2007년 『매일신문』 신춘문예)

• 이청준의 「병신과 머저리」(1966)에 나타난 갈등 양상을 자아와 세계현실의 맥락에서 설명해 보시오.

제3장 플롯과 시공간성

제3장 플롯과 시공간성

1. 플롯의 원리

플롯plot은 스토리story와의 대비를 통해 설명되는 것이 일반
적이다. 스토리가 비인과적인 사건의 나열이라면 플롯은 인
과적인 사건의 연결로 설명할 수 있다. 그런 의미에서 스토리
는 객관적인 시간이라면 플롯은 주관적인 시간이고, 스토리
가 자연적 시간이라면 플롯은 의도적인 시간인 셈이다. 따라
서 플롯이란 개별적인 사건을 일회적이고 단독자적으로 보는
것이 아니라 연속적이고 통합적인 시선에서 바라보는 인식론
적 틀이라고 할 수 있다.

스토리와 플롯의 구분은 러시아 형식주의(1910년 중반부
터 1930년대에 걸쳐, 예술의 미적 자율성과 기법과 형식을

중시하였던 문예비평사상)에서 중요한 관심의 대상이었다. 그들은 파블라fabula가 작가의 구성적인 솜씨를 기다리고 있는 원자재라면, 이를 이용해 재구성된 슈제트sjuzet만이 문학적이라고 지적한다. 주제로부터의 일탈, 인쇄상의 유희, 작품의 부분을 바꾸어 놓기, 그리고 장황하게 늘어놓는 설명 등은 우리를 소설의 형식에 주의를 기울이도록 사용된 기교이다.41) 그런 의미에서 플롯은 독자가 기대하고 있는 사건의 배열과는 거리가 멀다. 익숙한 플롯의 배열을 사용하지 않는다는 점에서 플롯화 그 자체는 문학적이다.42) 그런 의미에서 플롯은 빅토르 쉬클로프스키Viktor Shklovsky가 말하는 '낯설게 하기defamiliarization'의 일종이며 우리로 하여금 사건을 전형적이고 친숙한 것으로 간주하지 못하게 하는 일종의 훼방형식 impeded form이다.

보리스 토마쉐프스키Boris Tomashevsky는 플롯의 문제를 주제론thematics과 연결시킨다. 주제는 한 작품의 여러 부분들이 통일성을 이루고 유기적으로 결합되는데 최소의 단위로 들어가면 결국 문장의 단위와 마주치게 된다. 토마쉐프스키는 모티프를 사건의 연결관계에 있어 서사의 필수적 요소인가 아

---

41) 레이먼 셀던, 현대문학이론연구회 옮김, 『현대문학이론』, 문학과지성사, 1990, 27쪽.
42) 위의 책, 28쪽.

닌가에 따라 한정 모티프bound motif와 자유 모티프free motif로 나누고, 상황의 변화를 가져 오는가 그렇지 않은가에 따라 동적 모티프dynamic motif와 정적 모티프static motif로 구분하였다.[43] 여기서 소설의 육체는 자유 모티프의 풍부한 활용에 의해서 얻어진다고 할 수 있다. 우리의 삶이 사건을 연결하는 필수적인 한정 모티프의 연속이지 않고, 있으나 마나 한 자잘한 일상들로 이루어진 것처럼, 무수한 잡음과 장황한 주변적 묘사에 의해 소설의 볼륨을 갖추게 되고 더 나아가 심미성이 성취된다.

다음은 「생명연습」의 한 장면이다. 당연한 말이겠지만 동적 모티프는 한정 모티프에 기여하고 정적 모티프는 자유 모티프에 연관된다.

누나와 나는 그 다음날 저녁, 등대가 있는 낭떠러지에서 밤 파도가 으르렁대는 해변으로 형을 떠밀었다. 우리는 결국 형 쪽을 택한 것이었다. 미친 듯이 뛰어서 돌아오는 우리의 귓전에서 갯바람이 윙윙댔다. 얼마든지 형을, 어머니를 그리고 우리들을 저주해도 모자랐다. 집으로 돌아와서 불을 켜자 비로소 야릇한 평

---

43) 시클로프스키 외, 한기찬 옮김, 『러시아 형식주의 문학이론』, 월인재, 1980, 96~109쪽.

안을 맛볼 수 있었다.

그리고 얼마 지나지 않아서였다. 판자문을 삐걱거리며 열고 물에 흠씬 젖은 형이 살아서 돌아온 것이다. 우리의 눈동자는 확대된 채 얼어붙어버렸다. 형은 단 한마디, 흐흥 귀여운 것들, 해놓고 다락방으로 삐걱거리며 올라갔다. 그리고 사흘 있다가, 등대가 있는 그 낭떠러지에서 스스로 몸을 던져 죽은 것이다. 나와 누나의 눈에는 감사의 눈물이 번쩍거리고 있었다.

(생명연습, 1, 43, 강조 - 인용자)

강조된 부분은 누나와 내가 형을 떠밀었으나 형은 살아 돌아왔고 사흘 후 스스로 몸을 던져 죽었다는 한정 모티프를 가리킨다. 나머지는 이에 대한 정서적 반응이나 묘사에 해당하는 자유 모티프이다. 서사의 진행은 관련 모티프에서 이루어지지만, 작품의 중요한 미적 자질은 형을 떠밀었을 때, 형이 다시 살아 돌아왔을 때, 그리고 그가 스스로 죽어버렸을 때의 화자와 누나의 정서적 반응과 그를 둘러싼 분위기에서 얻어지는 것을 알 수 있다.

한편, 롤랑 바르트Roland Barthes는 서사의 단위 계층을 '계열적 층위'(수직적 차원)와 '통합적 층위'(수평적 차원)로 구분하고, 계열적 층위는 '핵단위'와 '촉매단위'로, 통합적 층위는 '징조단위'와 '정보단위'로 나누어 모티프의 결합 양상을 설

명하고 있다.[44]

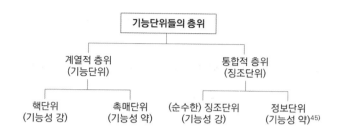

핵단위는 하나의 장면을 시작하고 매듭짓는 요소로 기능하
는 것으로 위의 예문에서 누나와 화자가 형을 떠밀고 그런
형이 살아 돌아오고 다시 형이 스스로 목숨을 끊는 것이 그에
해당한다. 촉매단위는 핵단위 사이를 연결하는 보조적인 수
단으로 행동을 확장, 지연시키는 기능을 담당한다. 위의 예문
에서는 자신을 죽였음에도 불구하고 그러한 행동에 대해 무
심한 듯, "흐흥 귀여운 것들"이라고 말하는 형의 반응이 이에
해당한다. 이는 그가 삶에 큰 의미를 부여하지 않는 태도를
나타내고 이는 그의 자살이라는 모티프로 이어지게 하는 촉
매 기능을 수행한다고 할 수 있다.

---

44) S. 리몬-케넌, 최상규 옮김, 『소설의 시학』, 문학과지성사, 1985, 32쪽.
45) 롤랑 바르트, 김치수 편저, 「이야기의 구조적 분석 입문」, 『구조주의와 문학비
  평』, 홍성사, 1980, 104~110쪽.

한편 징조단위는 기호와 소리로 서사의 추측을 가능케 하는 단위로서 위의 예문에서는 "밤 파도가 으르릉대는 해변"으로 형이 떨어졌다는 점에서 그의 죽음을 추측케 하고, "판자문을 삐걱거리며 열고"에서는 그가 살아 돌아왔다는 사실을 추측하게 한다. 피난지에서 낯선 사내를 집에 들이는 어머니, 이런 어머니를 때리고 급기야 살해하려는 욕망에 시달리는 형 사이에서 "우리는 결국 형 쪽을 택한 것이었다."라는 문장은 그 죽음의 당사자가 다른 사람(어머니)일 수도 있었다는 사실을 알려주는 정보 단위이다. 이러한 각각의 단위 계층들은 계열적 층위에서 통합적 층위로 투사되어 모티프가 견고하게 결합되고 이러한 연쇄를 통해 하나의 시퀀스가 구성된다. 징조단위는 언제나 함축적인 기의를 가지고 있어 독자로서는 그 성격, 분위기를 알아차릴 줄 아는 것이 필요46)하다. 또한 정보단위는 허구를 현실 속에 뿌리박게 하는 사실적 조작체opérateur réaliste로서 이는 "줄거리의 층위에서가 아니라 담화의 층위"47)에서 기능한다. 제라르 즈네뜨 Gérard Genette는 '의미적 기술description signification'과 '장식적 기술description ornementale'을 구분하였는데, 의미적 기술은 줄

---

46) 위의 책, 109쪽.

47) 위의 책, 109쪽.

거리의 충위와, 장식적 기술은 담화의 충위와 관련되어 있다. 여기서 징조-정보단위의 중요성이 강조되어 가는 경향[48]이 현대소설의 중요한 특징 중 하나라고 할 수 있는데, 이는 텍스트의 분위기와 함축성, 리얼리티의 강화를 위한 담화 요소들을 확보하는 것이 요긴해졌음을 의미한다.

2. 서사의 시간성

서사는 이중적인 시간의 연속이다. 말해지는 사건의 시간과 서사의 시간(기표의 시간과 기의의 시간)이 있다.[49] 이 시간의 이중성은 독일 이론가들이 스토리erzählte zeit와 서사 시간erzählzeit의 대조로 논의하는 것과 관련되는데, 앞서 플롯의 원리에서 설명한 바와 같이, 스토리 시간이란 스토리에서 나타난 일련의 사건에 대한 시간 순서를 가리키고, 서사 시간이란 서술에서 이러한 사건들이 배열되는 시간 순서의 관계를 지칭한다.[50] 서사의 순서order의 차원에서 이전의 사건을 회상

---

48) 이상우, 『현대소설론』, 양문각, 1993, 94쪽.

49) Christian Metz, *Film Language: A Semiotics of the Cinema*, trans. Michael Taylor, Chicago: University of Chicago Press, 1991, p.18.

50) 제라르 즈네뜨, 권택영 옮김, 『서사담론』, 교보문고, 1992, 25쪽.

하기 위해서 이야기의 흐름을 차단하는 소급제시analepsis51)와 사건들 도중에 뒤이어 일어나는 사건들로 앞질러가는 사전제시prolepsis52)를 기본적인 축으로 '시간 변조적anachronus 계기성'을 작동시킨다.

또한 시간의 길이duration의 차원에서 서사물은 다음과 같은 서술 운동의 양상을 나타낸다.

요약: $NT < ST$

장면: $NT = ST$

멈춤: $NT = n$, $ST = 0$, 따라서 $NT \infty > ST$

생략: $NT = 0$, $ST = n$, 따라서 $NT < \infty ST$

ST: 스토리 시간
NT: 서술에서 걸리리라고 추정되는 혹은 관습적인 서술 시간
$\infty >$: 무한대로 커짐
$< \infty$: 무한대로 작아짐53)

여기서 요약summary은 전통적으로 말하기telling에 해당하는

51) 위의 책, 38~40쪽.

52) 시모어 채트먼, 한용환 옮김, 『이야기와 담론: 영화와 소설의 서사구조』, 고려원, 1991, 85쪽.

53) 제라르 즈네뜨, 앞의 책, 84쪽.

것이고, 장면scene은 보여주기showing를 의미한다. 요약은 ST (스토리 시간)보다 NT(서술 시간)이 짧고, 장면은 이 둘이 거의 일치하게 된다. 멈춤pause이란 일종의 '묘사적 멈춤'으로서 서사의 시간(ST)을 중단하고 순수한 묘사에 서술(NT)을 할애하는 경우를 가리킨다. 영화의 경우는 인물이 프레임 아웃되어 있는 상태의 장면을 카메라가 계속 따라가지 않지만 소설의 경우는 인물이 배제되어 있는 완벽한 배경 묘사를 통해서도 인물의 내적 상태를 은유할 수 있다. 가령, 「무진기행」에서 안개에 대한 장황한 묘사를 떠올려보면 묘사적 멈춤이 갖는 문학적 의미를 이해할 수 있을 것이다. 생략ellipsis은 스토리 시간(ST)은 흘러가지만 실제 서술 시간(NT)에 포함되지 않은 시간을 가리킨다. 서사물은 작가가 작품이 필요하다고 여기는 것을 선택하여 배열하는 것이므로 일상의 모든 것이 작품 속에 드러나지 않는다. 마지막으로 빈도frequency의 경우는 그간 문법학자들이 '양상aspect'이라는 범주로서 다루어온 서술 시간의 주요 양상으로서 다음과 같이 그 유형을 구분할 수 있다.

① 한 번 일어난 것을 단 한 번 서술하는 경우: 1N/1S (일회적 서술)
② n번 일어난 사건을 n번 서술하는 경우: nN/nS
③ 단 한 번 일어났던 것을 n번 서술하는 경우: nN/1S (반복적인

서사)

④ n번 일어났던 사건을 단 한 번(혹은 한 번에) 서술하는 경우:
1N/nS (유추반복서술) 이는 일회적 장면을 위해 일종의 정보
나 배경을 제공한다.[54]

이러한 서사의 기본적인 시간 변조에 의하여, 시간 구조를
크게 직선적 시간,[55] 역전적 시간,[56] 순환적 시간,[57] 무시간
achrony[58] 으로 유형화하여 김승옥 소설에 나타난 다양한 시간
구조의 양상을 분석하고 이를 바탕으로 그의 소설의 시간관
을 규명해 보기로 한다.

첫째, 선형적인 연대기적 기술 방식을 취하는 직선적 시간
구조는 그의 소설에서 가장 많은 부분을 차지한다. 이러한
시간 구조를 나타내는 작품으로 「차나 한잔」, 「염소는 힘이

---

54) 위의 책, 103쪽.

55) 직선적 시간은 서사의 운동이 과거 – 현재 – 미래의 선조적linearity 진행이라는
점에 있어서는 자연적 시간과 같은 흐름을 보인다.

56) 역전적 시간이란 소급제시analepsis에 의하여 현재의 서사 진행을 차단하고 과
거의 사건을 기술하는 것을 말한다.

57) 순환적 시간이란 '떠남 → 통과 → 회귀'의 재생의식을 바탕으로 한 영원회귀
의식으로 시간을 구성하는 것을 말한다. 대체로 김승옥의 소설에서는 여로형
플롯에서 이러한 순환적 시간을 나타낸다.

58) 무시간성이란 시간적인 연결을 도무지 할 수 없는 시간의 불일치가 있어 분석가
가 그 내용으로부터 추론해서 정의내릴 수 없게 하는 경우(제라르 즈네뜨, 앞의
책, 72쪽)이다.

세다」, 「서울 1964년 겨울」, 「내가 훔친 여름」, 「60년대식」을 들 수 있다. 여기서 이들 작품의 연대기적 시간을 스토리텔링에 따라서 언급하는 것은 큰 의미가 없다. 다만, 이러한 직선적 시간 구조가 작품에서 수행하는 기능적 측면과 시간관의 측면에서 내용을 언급할 때 의미 있는 것이 된다.

「차나 한잔」에서는 '신문 연재 만화가'의 하루의 행적을 추적하는 직선적 시간 구조를 드러낸다. 그의 행적은 '10시쯤 집을 나섬 → 신문사에서 해고 통보 → 다방 → 버스 → 다른 신문사 편집국 → 다방 → 약국 → 선배 만화가 김선생과의 술자리 → 집'의 순으로 이동된다. 이러한 순차적으로 진행되는 시간 속에는 아침부터 시작된 설사와 그로 인한 고충이 기술되면서 존재론적인 위기감을 더해주며, 도회적 어법으로 다가온 해고 통보와 그에 대한 환멸의 감정이 하루 동안의 방황의 이력을 통해서 세밀하게 그려지고 있다. 여기서 말하는 도회의 어법이란 해고통보를 하는 자리에서 문화부장이 말한 "오늘치 만화 좀⋯⋯"이나 카메라맨이 "이형, 다음에 좀 봅시다." 등의 말에서 느껴지는 의미의 모호함을 의미한다. 전자가 해고통보를 직접적으로 전달할 수 없는 상황에서의 우회적 어법이라면, 후자는 "다음에 어쩌면 당신에게 일자리를 얻어 줄 수도 있을지 모른다"는 듯한 분위기를 풍기는 기만적인 어법이다. 이러한 도회적 어법에서 드러나듯이 사물화된 인간관계에서는 진정한 소통적 관계란 있을 수 없으며, '그'는 이러한 현실에 대해서 환멸의 감정을 느끼는 것이다.

「염소는 힘이 세다」는 서울의 가난한 가정을 배경으로 어느 날 갑자기 찾아온 염소의 죽음을 둘러싼 이야기를 연대기적으로 서술하고 있다. 물론 이 작품은 유년 화자를 통해서 "염소는 힘이 세다. 그러나 염소는 오늘 아침에 죽었다. 이제 우리 집에 힘센 것은 하나도 없다. 힘센 것은 모두 우리 집의 밖에 있다."는 서술이 '오늘' → '며칠 전' → '보름쯤 전'으로 이동하며 반복 서술되고 있고, 이러한 시간 속에서 죽은 염소는 '정력 보강 염소탕'으로 끓여지고, 이것을 먹으러 오는 기운이 센 사람들 중의 하나인 '합승 정거장' 사내에게 누이가 강간을 당하며, 경찰의 무허가 영업 단속으로 문을 닫고, 누이가 버스 안내양으로 취직되는 일들이 자연적인 시간 순서에 의해서 서술되고 있다. 그러나 여기서 직선적 시간 구조는 특색 있는 구조로 짜여 있다. 이 작품은 '염소는 힘이 세다'라는 반복 서술을 시작으로 독립된 단락paragraph으로 구성되어 있는데, 빈도frequency의 양상으로는 "nN/1S(반복적인 서사)"에 해당하는 것으로, 동일한 진술의 반복과 변주의 형식을 통해 텍스트의 반어적 의미를 강조하는 데 기여한다.

「서울 1964년 겨울」은 서울의 겨울 밤, 구청 병사계 직원인 '나'와 대학원생 '안', 서적 월부판매 외교원인 '사내'의 우연한 만남에서 사건이 시작된다. 아내의 시체를 병원에 팔아버린 '사내'는 "돈이 다 없어질 때까지 함께 있어줄 것"을 요구하고 이에 응한 '나'와 '안'이 그와 함께 시간을 보내게 된다. 이들은 다음과 같은 곳을 떠돌아다니게 되는데, 그것은 선술집 → 중국집 → 양품점 → 택시 안 → 화재 현장 → 월부 책값을 받으러 간 어느 집 대문 앞 → 여관방 → 다음 날 아침, 버스 정류장으로 이동된다.

여기서 겨울 밤 선술집에서 우연히 만난 세 사람이 밤거리를 떠돌다가 여관에서 밤을 지내고, 다음 날 아침 예상했던 사내의 죽음이 확인되자 '나'와 '안'이 서둘러 여관을 떠나는 시간의 흐름으로 볼 때, 이 작품의 시간 구조는 직선적이다. 하지만 이 작품에서 이들의 공간 이동은 강력한 시간의 지배를 받고 있다는 데 그 특징이 있다. 이들은 무의도적으로 시간을 보내기 위해서 무의미한 시간에 예속된 공간을 거쳐 가는 것이고, 이처럼 시간이 공간을 지배할 경우 인물의 공간 선택의 여지는 없어지기 때문에 주체와 세계는 극심한 단절을 낳게 되는 것이다.[59]

이상에서 직선적 시간 구조를 나타내는 작품들에 대하여 논하였다. 이에 근거하여, 지금부터는 이러한 직선적 시간 구

---

59) 현길언, 앞의 책, 225쪽.

조에서 드러나는 작가의 시간관이 무엇인가에 대해서 논하기로 한다.[60] 전술한 바와 같이 직선적 시간은 과거 → 현재 → 미래의 선형적 서술 방식을 취한다. 이러한 시간은 그 서사 진행의 형식적 측면에서 본다면, '사실적 시간'에 속한다. 사실적 시간이란 진보에 대한 신뢰를 나타내는 역사적 시간이다.[61] 그러나 김승옥의 소설의 직선적 시간 구조가 진보에 대한 신뢰를 나타내는 미래지향적 시간이라고 보기는 매우 어렵다. 형식적으로 직선적 시간은 미래를 행해서 서사적 운동을 하지만, 김승옥 소설에 있어 시간의 의미를 추적해 들어가면, 오히려 직선적 시간은 '실존적 시간'을 강하게 내포한다. '실존적 시간'은 시간이 하향 수직성의 세계로 나타나며 삶의 갈등이나 대립이 그대로 수용되는 양상을 보인다.[62] 그것은 직선적 시간 구조를 나타내는 김승옥 소설의 모든 인물들이 자아와 세계의 이원론적 대립을 극복하지 못하고 그것

---

60) 여기서 논의하는 작가의 시간관은 문학적 시간을 1) 사실적 시간, 2) 낭만적 시간, 3) 초월적 시간, 4) 실존적 시간, 5) 순환적 시간, 6) 순간적 시간으로 구분 (이승훈, 『문학과 시간』, 이우출판사, 1983, 193~194쪽.)한 유형론에 이론적 토대를 둔다.

61) 위의 책, 193쪽.

62) 이러한 점에서 '초월적 시간'과 '실존적 시간'은 차이가 있다. 삶의 세계를 대립과 긴장의 이원론적 태도를 보인다는 점에서는 공통점이 있지만, 전자가 그러한 태도가 환기하는 갈등이나 대립이 해소됨에 비하여 후자에선 그러한 갈등이나 대립이 그대로 수용된다.(위의 책, 194쪽.)

을 수용할 수밖에 없는 현실에 환멸의 감정을 품고 좌절하기 때문이다. 이러한 좌절의 양상은 위의 서사 구조 분석의 결말 부분에서 모두 드러나고 있는 현상이다. 요컨대, 김승옥 소설에 나타나는 직선적 시간은 형식적 진행 방향에 있어서는 '사실적 시간'을 나타내지만, 시간의 의미에 있어서는 '실존적 시간'을 드러낸다.

둘째, 소급 제시analepsis에 의한 시간 역전의 구조를 나타내는 작품은 「乾」, 「그와 나」, 「생명연습」, 「力士」, 「누이를 이해하기 위하여」, 「서울의 달빛 0장」을 들 수 있다. 물론 여기 제시한 작품들은 전체적인 작품의 구조가 과거와 현재가 다채롭게 직조되어 있는 경우도 있지만, 반대로 부분적으로 역전이 나타날 뿐, 전체적으로 직선적인 시간을 나타내는 경우도 있다. 후자에 해당하는 작품이 「乾」과 「그와 나」이다. 전체적인 시간 구조에서 보자면 부분적인 것임에도 불구하고 이 작품들을 시간 역전 구조에 포함시킨 것은 과거에 해당하는 진술이 작품에서 핵심적인 모티프로 기능하고 있기 때문이다. 우선, 이러한 부분적인 시간 역전의 경우를 보기로 한다.

「乾」은 '빨치산 시체의 목격과 매장', '방위대 건물의 전소'라는 외부적 폭력성을 경험한 '나'가 동네 형들의 '윤희 누나' 윤간에 능동적으로 동참함으로써 현실의 폭력성을 내면화하는 입사식의 과정을 보여주고 있다. 이러한 작품의 전체적인 사술상에서 '방위대 건물'에 대한 서술은 소급 제시로 언급되는데, 이는 유년기의 환상적인 놀이로 나타난다.

애들 중에서 그림을 제일 잘 그리던 내가 그 지하실의 백회벽(白灰壁)에 크레용으로 그림을 그리면서 한 아이는 초 동강이에 불을 켜서 들고 나의 손이 움직이는 방향으로 불빛을 보내주었고 그리고 나머지 아이들은 부러움과 감탄의 눈초리로 내가 그리는 그림을 바라보고 그 그림 속에서 많은 얘기를 끄집어내어서 지껄이며 떠들고 그 그림을 자기들이 그린 것처럼 아껴주고 다른 마을의 애들을 끌고 와서 자랑도 해주곤 했다. 그 중에서도 미영이라는 계집애를 잊을 수가 없다. 내게 크레용을 갖다주기도 하고 학교에서는 연필이나 연필꽂이를 나누어주던 미영이. 1학년 때 어느 날이었던가, 이상스럽게도 둘만 그 지하실에 남게 되었을 때 나는 자신도 알지 못하는 사이에 불쑥 미영이를 꽉 껴안아버렸었다. 그러자 미영이는 깜짝 놀라서 울음을 왁 터뜨리더니 그만 무안해진 내가 손을 풀자 느닷없이 자기가 쥐고 있던 하얀 크레용을—분명히 하얀색이었다—내게 내밀며, 이쁜 꽃 그려봐, 하는 것이어서, 하얀색의 벽에 하얀색의 크레용으로 무슨 그림을 그리라는 말인지, 이번에는 내가 어리둥절해버린 적이 있었다.

(乾, 1, 48)

이 공간이 놀이 공간이 되었던 시기는 한국전쟁이 발발하기 전에 이 집에 아무도 살지 않았을 때의 일이고, 전쟁 중에 이 건물은 인민군들의 군사 본부로, 인민군들이 쫓겨 가고 난 뒤에는 시방위대의 본부로 활용된다. 그리고 급기야 빨치산 습격에 의해서 '방위대 본부'는 전소된다. 결국, 이러한 전쟁과 이념적 대립이라는 외적 폭력은 '나'에게서 유년기의 유토피아적 공간과 그 추억을 앗아가 버린다.

빨치산 시체의 목격도 '나'에게 정신적 충격을 주게 되는데, 일본으로 피난 간 미영이가 언젠가 돌아올 것을 기대하며, "용궁처럼 신비스러운 곳"으로 생각하고 있던 "미영이네 빈 집"은 동네 형들의 '윤희 누나' 윤간의 장소로 타락하게 된다. '나'는 전쟁과 이념적 갈등이라는 세계의 폭력성을 목격하고 그 폭력성을 '윤희 누나'에게 외향 투사한 것이다. 요컨대, 「乾」의 '방위대 본부'에 대한 부분적인 시간 역전은, 작품에서 본격적인 플롯으로 제시된 지배적 서술 양상은 아니지만, '전쟁 체험'이라는 외적 폭력성의 시간과 대비되는 유년기의 유토피아적 시간으로서 의미를 지닌다.

「그와 나」의 경우도 부분적인 시간 역전이 드러나는데, 이것 역시 전체적인 플롯에 의한 재구성이라기보다는 선명한 주제 의식을 드러내기 위한 장치로 활용된다. 이 작품에서 소급 제시로 서술되고 있는 부분은 다음과 같다.

그 무렵까지도 나의 고향에서는 소집 영장을 받고 입대하는 장정들에게 동네마다 제법 성대한 환송식을 차려주고 있었다.

(중략)

입영 날짜는 아직 멀었는데도 벌써부터 수건을 두르고 벌겋게 술취한 얼굴로 이집 저집 찾아다니며 술 내놔라 밥 내놔라 어리광을 부리고 다녔다. 그의 입영 환송식은 동회 앞마당에서 성대하게 거행되었다. 동장님의 환송사가 있었고 주민들이 모은 축의금 전달이 있었고 그는 답사를 했고 우리는 만세 삼창까지 해줬다. 식이 끝나서 그는 장정들의 집결 장소인 역 앞 광장으로 갈 준비를 하느라고 그때까지 신고 있던 비교적 깨끗한 구두를 벗어놓고 헌 농구화로 갈아 신고 있었다.

그런데 그때 그는 땅바닥에 한 끝을 단단히 박고 있는 녹슨 쇠못에 발바닥을 깊이 찔린 것이었다. 피가 꽤 많이 흘렀다. 동장님이 재빨리 상처에 담뱃가루를 바르고 붕대로 처매주었다. 아픈 것을 참고 우리들에게 억지로 웃어 보이고 갔다. 그러나 다음날 아침 그는 논산(論山)에 있지 않고 자기 집 안방에 누워 있었다. 다리가 퉁퉁 부어 있었다. 얼마 후에 그는 기피자로 체포되었고 체포된 며칠 후에 파상풍으로 죽어버렸다.

(그와 나, 1, 283~284)

위의 소급 제시 부분은 서울대 신입생인 '나'가 상경하는 열차 안에서 초라한 지방 도시를 떠나는 해방감에 느끼다가 그 해방감 속에 숨어 있는 인생의 함정을 생각하며 떠올린 일화다. 그것은 입대 환송식을 마치고 나서 우연히 발에 녹슨 쇠못을 찔려 파상풍으로 죽게 된 이웃집 청년의 이야기다. 이러한 과거의 일화는 "하찮은 녹슨 쇠못 한 개!"로 상징되는 "불가시적인 작은 우연"이 인생을 파멸로 이끌 수 있음을 보여준다. 이러한 기억은 '나'의 확고부동한 인생관으로 자리잡게 된다. '나'는 4·19 당시 교문 쪽으로 몰려가는 학생들을 바라보며 이것이야말로 "녹슨 쇠못"이라고 생각하며 시위에 대한 강한 거부감을 나타낸다. 급기야 경찰들이 발포를 시작하자, "이거야말로 녹슨 쇠못 정도가 아니다."라고 말하며 인생에 어리광 같은 도락이 끼어들 자리가 없음을 강조한다. 결국, '나'에게 경찰의 총에 맞아 죽은 사람들은 녹슨 쇠못의 교훈이 진리임을 확인시켜 주는 계기에 불과한 것이다.

이러한 소급 제시는 거리의 측면에서는 기본 서사의 기간 밖에 있는 회상으로서 '외적 회상external analepsis'63)에 해당하며, 기간의 측면에서는 '완결된 회상complete analepsis'64)으로서 기본 서사와 다시 연결된다. 따라서 이렇게 서사의 진행에서

---

63) 제라르 즈네뜨, 앞의 책, 38쪽.
64) 위의 책, 51쪽.

전경화되어 있는 회상의 부분은 삶의 비가시적인 우연이라는 상징적 의미를 가지며 '나'의 이념적 반작용의 근거로 작용한다.

한편, 전체적인 작품의 구조에 있어 다양한 시간 역전을 활용하고 있는 작품으로 「생명연습」, 「力士」, 「누이를 이해하기 위하여」, 「서울의 달빛 0장」이 있다.

우선, 「생명연습」의 시간 구조를 분석하기 위하여 다음과 같은 시퀀스로 서사를 분절해 보기로 한다.

(1) '나'와 '한교수'는 다방문을 열고 들어서는 눈썹을 밀어버린 학생에 대해서 이야기한다,

(2) '나'는 사변이 있던 다음해 봄, 어머니와 누나 그리고 형과 함께 여수에서 살고 있었다. '나'와 '누나'는 구호물자를 나누어주는 교회에 다녔으며, 부흥회에 참석하기도 하였다.

(3) 옛날에 자신의 생식기를 잘라 버린 전도사 이야기를 한교수에게 건넨다.

(4) 사회학과 박교수님의 사모님이 신병으로 돌아가셨다는 이야기를 한교수에게 하고, 한교수는 만화가 오선생님의 이야기를 꺼낸다.

(5) 우리 가족이 형의 죽음 뒤에 환도가 있을 무렵 서울로 이사한 후에도 '나'는 방학이 되면 여수에 내려가서 그(영수)와

바닷가를 헤메었다. 그는 자기 세계를 가진 사람이다.

(6) 한교수님댁에 놀러갔을 때, '세상에서 가장 귀여운 게 뭘까?' 라는 '나'의 질문에 '여신의 맨스'라고 대답한 교수님의 딸도 자기세계를 만들어가고 있는 듯하다.

(7) 형은 사변 전에 폐가 나빠져서 중학교를 그만두었다.

(8) 피난지에서 돌아와 사흘 걸려서 된 판잣집의 다락방에 형이 기거하고, 그 밑의 판자방엔 어머니와 누나 그리고 내가 거처하고 있었다. 어머니는 생선이나 조개를 양동이에 받아 이고 도시나 읍으로 팔로 다녔다. 형은 스물 두 살이었고, 사변 전에 폐가 나빠져서 중학교를 그만 두었다. 그때 형은 어머니를 죽이자고 '나'와 '누나'에게 말한다.

(9) 한교수와 '나'는 다방문을 나서고, 한교수는 옛날 얘기 하나를 꺼낸다.

(10) 30년 전 얘기다. 졸업이 가까워 올수록 한교수는 같은 동경유학생인 정순과의 결혼문제와 런던 유학 사이에서 고민한다. 졸업을 일 년 앞둔 어느 봄날 한교수는 정순의 육체를 몇 번 범한다. 그 후 한교수의 사랑은 식어질 수 있었고, 이에 런던 유학을 떠난다.

(11) 어제 그 여자가 죽었는데, 사회학과 박교수의 사모님(정순)이다.

(12) 형을 따라 새벽에 해변에 나간 적이 있던 무렵 어느날 저녁 때, 어머니는 사내를 데리고 집으로 돌아왔다. 그 사내는 어

머니와 함께 밤을 보내고 새벽에 나갔다. 그 때 형은 학교에 가지 않았다. 그리고 또 다른 사내를 데리고 들어왔을 때, 형은 어머니를 때렸다. 피난지에서 돌아온 후, 어머니가 사내를 집안으로 데리고 오는 일은 없었다.

(13) 누나는 형과 어머니 사이의 오해를 풀기 위해서, 어머니의 남자 관계는 아버지를 찾아 헤매던 일이라는 내용의 편지를 형에게 쓴다.

(14) 한교수에게 옛날 일을 후회하냐는 질문을 한다.

(15) 누나와 '나'는 형을 등대가 있는 낭떠러지에서 떠밀었다. 그러나 형은 살아서 돌아왔다. 그리고 사흘 있다가 등대가 있는 낭떠러지에서 스스로 몸을 던져 죽었다.

(16) 만화가 오선생님은 일을 하다가 문득 윤리의 위기 같은 것을 느낄 때가 있다고 한다.

(17) '나'는 한교수에게 입관식 참석 여부와 현재의 심정을 묻는다.

위의 장면들은 '플롯의 시간'에 따라 서사의 내용을 요약한 것이다. 이 플롯의 시간은 작가에 의해서 예술적으로 재배열된 시간의 질서를 의미한다. 이것은 자연적인 시간과 구별되며 이것은 논자에 따라서 문학적 시간, 주관적 시간, 경험적 시간 등으로 불리어지는 '허구적 시간'에 속한다. 이것을 다시 플롯에 따라서 재배열하면 다음과 같다.

A. '나'와 한교수 사이에서 현재 일어난 일

: (1) (4) (9) (11) (14) (17)

B. '나'와 '한교수'의 연상작용에 의해서 제시되는 일

: (5) (6) (10) (16)

C. 6.25를 전후하여 고향인 여수와 피난지에서 가족과 벌어진 일

: (2) (3) (7) (8) (12) (13) (15)

위의 세 가지 구조의 사건은 서사구조의 형식상 A가 '주 스토리-선main story-line', 뒤의 B와 C가 '부 스토리-선subsidiary story-line'이라고 할 수 있는데, A에서 B와 C로 옮겨가면서 시간 역전이 이루어진다.65) 그런데 A에서 B로 역전되는 것은 연상 작용 등의 관련성을 가지고 있지만, A에서 C로 넘어가는 과정은 주 스토리-선과 부 스토리-선 사이의 관련성의 양상을 찾기가 어렵게 되어 있다. 따라서 이 텍스트의 시간구조는 '나와 한교수 사이에서 일어나는 일들'(A)에서 '여수와 피난지에서 가족과 벌어진 일들'(C)을 기술하는 쪽으로 심화되는데, 주 스토리-선과 부 스토리-선은 상호 병립적으로 놓

---

65) 동일한 집단의 개인들을 포함한 일련의 사건이 어떤 텍스트의 우세한 스토리 요소로 포함되면 주 스토리-선main story-line이 된다. 그리고 그 밖의 개인들의 집단을 포함하는 일련의 사건들은 부 스토리-선subsidiary story-line이 된다.(S. 리몬-케넌, 앞의 책, 33쪽.)

이게 된다. 이와 같은 병렬적 시간 구조는 시간의 계열적 구조 속에서 유사성을 가지고 있는데, 그것은 모두 '자기 세계'를 확인한다는 의미에서 은유적인 시간의 축을 형성한다.[66]

「力士」는 액자 구조로 되어 있기 때문에 외화外話와 내화內話 사이의 시간적 단절이 놓여 있다. 즉 외화는 '나'가 '머리털이 덥수룩한 한 젊은이'에게서 들은 이야기임을 밝히고 있고, 내화는 그 젊은이를 화자로 하여 서술하고 있기 때문에 이 두 시점 사이에는 시간적 차이가 존재하고 있는 것이다. 또한 내화의 경우도 기본 서사와 소급 제시가 연상에 의해서 매개되면서 다음과 같은 양상을 드러낸다.

---

66) 이 작품에서 '자기 세계'를 표상하는 인물의 행위는 (1) 극기克己를 동반하거나, (2) 반륜적反倫的 행위를 나타내거나, (3) 사회적 얼굴social mask과 상반되는 은밀한 행위로 나타나거나, (4) 구체적인 실체가 없는 '포즈'로 나타난다.

(1) '자기 세계'를 표상하는 행위가 물리적인 극기를 동반하는 경우는 자신의 눈썹과 머리를 밀어버린 학생, 손수 자신의 생식기를 잘라버린 전도사가 이에 해당된다.

(2) '자기 세계'를 표상하는 행위가 반륜적인 행위로 나타나는 경우는 상부喪夫한 후로 낯선 사내를 집에 들이는 어머니, 그 어머니를 살해할 궁리를 하는 형, 그런 형을 낭떠러지에서 밀어버리는 '나'와 '누나'가 이에 해당한다.

(3) 사회적 얼굴과 상반되는 개인의 은밀함은 한 밤에 시가지 야경을 바라보며 수음을 하는 애란인 선교사의 모습에서, 직선을 자를 대고 그린 사실에 괴로워하는 만화가 오선생의 모습에서 발견할 수 있다.

(4) 구체적인 실체가 없이 도출된 '포즈'로서의 '자기 세계'는 '하더라'체를 쓰기를 좋아하거나 어감의 감손을 막기 위해 '연민'을 '련민'으로 발음하는 '강영수', '정순'과의 사랑을 식히기 위해 일부러 그녀를 범하고 영국 유학을 떠나 옥스포드제製 자기 세계를 가지고 있는 '한교수', 세상에서 가장 귀여운 것이 여신女神의 멘스라고 여기는 '한교수의 딸'이다.

기본 서사	회상의 매개체	회상 내용
양옥집에서 잠을 깬 '나' 는 자신이 거처하고 있는 공간을 자신의 공간 으로 인식하지 못하고 낯 설어 함	피아노 소리	약 1주일 전에 창신동의 지저분한 방에서 이 깨끗 한 양옥으로 하숙을 옮겼 다는 사실을 떠올림
양옥집 식구들의 얼굴을 생각함	양옥집 식구들의 얼굴	창신동 빈민가 사람들을 떠올림('영자'라는 창녀, 열 살난 딸을 데리고 사는 절름발이 사내, 사십대 막 벌이 노동자 徐氏)
「엘리제를 위하여」를 치 고 있는 며느리에 대한 할 아버지의 교육적 배려	며느리의 손을 굳어버리 게 할 수 없다는 할아버지 의 교육적 배려에 대하여 알게 됨	빈민가의 절름발이 사내 는 딸을 꿇어앉히고 회초 리로 때려가며 혹독하게 교육시킴
양옥집의 하얀 방이 서먹 서먹하게 느껴짐	양옥집의 하얀 방이 불러 일으키는 이질감	力士인 서씨가 동대문 성 벽의 돌을 옮기는 일화, 역사 집안의 혈통을 이어 받은 서씨의 내력에 대한 서술

위의 표는 무질서하고 퇴폐적인 공간인 '창신동 빈민가'에
서 질서가 잡히고 규칙 있는 '양옥집'으로 하숙을 옮긴 '나'(외
화의 젊은이)가 두 가지 상반되는 생활 공간에서 경험하게
된 이질적인 생활 방식과 그에 따른 정서적 반응을 보여주고
있다. 이러한 서술을 위해서 내화의 시간 구조는 '양옥집'에서
의 생활을 서술하고 있는 기본 서사first narrative에서 '빈민가'의
생활을 '회고적으로 보완'67)하는 방식을 채택하고 있다. '나'

---

67) 이를 즈네뜨는 '회고적 보완'으로 설명하는데, 이는 사건이 발생한 후에 서술

는 '양옥집'에서 겪게 되는 생활의 이질감과 그에 따른 정서적 부적응의 순간마다 '창신동 빈민가'를 떠올리고, 이러한 회상에 의해서 시간 구조는 기본 서사와 소급 제시의 교체alternation로 나타난다. 이러한 시간 구조는 '빈민가'의 생활과 '양옥집'의 생활을 대비시키면서 비동시적인 것의 동시적인 공존이라는 이질적 상황성을 증폭시키는 기능을 담당한다.

「누이를 이해하기 위하여」는 '축전祝電', '프로필', '갈대들이 들려준 이야기', '누이의 결혼', '일지초日誌抄', '다시 축전祝電'으로 구분된 소제목들이 모두 이질적인 시간을 구성하고 있으며, 소제목의 내용들도 각각 다채로운 시간 구조를 나타내고 있다.

번호	소제목	내용
①	축전(祝電)	누이에게 '축 순산(順産)'이란 전보를 보냄
②	프로필	서울에 와서 만난 위선적인 인물('자칭 소설가라는 작자'로 설정되어 있지만 이는 곧 화자 자신과 동일한 정신의 소유자)에 대하여 서술
③	갈대들이 들려준 이야기	도시에서의 누이의 좌절과 이를 이해하기 위한 작중 화자의 상경
④	누이의 결혼	누이와 시골 청년과의 결혼, 출산
⑤	일지초(日誌抄)	도시 생활에서 느낀 작중 화자의 단편적인 글들
⑥	다시 축전(祝電)	누이의 출산을 축하, 누이에 대한 나의 소망

에서 빠졌던 틈새를 채우는 회상을 말한다.(제라르 즈네뜨, 앞의 책, 40쪽.)

위의 표는 6개의 장으로 분장分章되어 있는 각각의 내용을 간추려 본 것이다. 이러한 소제목 단위의 이야기를 다시 연대기적으로 재배열하면 다음과 같다.

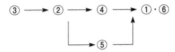

위에서 스토리의 시간으로 재구성한 시간을 통해 보면, 이 작품의 플롯의 시간이 매우 다양한 시간 변조를 활용하고 있음을 알 수 있다. ③에서 도시로 떠난 누이의 좌절과 그런 누이를 이해하기 위한 나의 상경을, ②에서는 도시에서 만난 위선적인 인물('자칭 소설가라는 작자'로 설정되어 있지만 이는 곧 화자 자신과 동일한 정신의 소유자)을 통해서 도회적 삶에 물든 상경인의 모습을, ④에서 고향의 젊은이를 만나 결혼하여 정착하게 된 누이와 출산을, ①·⑥에서 누이에게 순산을 축하하는 전보를 제시하며, ⑤에서는 작중 화자가 경험한 도시적 삶의 고뇌가 단편적인 글들로 제시되고 있다.

문제는 이러한 스토리의 시간을 작가는 자유롭게 변조하고 있다는 사실이다. 더욱이 각 장과 장 사이에는 서사적 흐름을 이어주는 진술이 제거된 채 서술되고 있다. 또한 구체적인 갈등 구조를 통해 서사를 이어가기보다는 1인칭의 독백체로 서술됨으로써 서사성narrativity이 매우 약화되어 있다. 따라서 이 작품은 서사물의 가독성可讀性, readability의 차원에서 보았을 때, 가해성可解性, legibility68)의 정도가 매우 낮은 텍스트이다. 결국 독자는 이 소설을 다 읽어야지만 전체적인 서사적 얼개를 재구성할 수 있다. 이러한 방식의 시간 구성은 일종의 '훼방 형식'으로서 독자의 서사 이해를 어렵게 만드는 의도적인 장치이다. 이러한 의도된 시간 구성을 통해서 독자로 하여금 일종의 시간과의 놀이the game with time69)를 체험하게 한다고 할 수 있다. 이는 단순한 유희적 요소라기보다는 존재의 의미를 서술자의 의식 속에서 재구성함으로써 도시에 받은 정신적 소외와 상처라는 내면의식을 구체적으로 드러내는 데 기여한다.

이상에서 김승옥 소설에 구현되는 역전적 시간 구조에 대하여 분석하였다. 그의 소설에서 나타나는 시간 역전에 의한 소급 제시는 미래에 대한 전망이 닫혀버린 자리에서 발생한다. 그것은 미래로부터 버림받았다는 고독한 욕망의 표현이며 역사적 시간에 대한 회의와 불신으로 이해할 수도 있다.70)

---

68) 위의 책, 201쪽.
69) 위의 책, 142쪽.
70) 이승훈, 앞의 책, 193쪽.

이러한 점에서 그의 소설의 소급 제시는 '낭만적 시간'의 한 층위를 형성한다. 그것은 「乾」에서 '방위대 건물'과 '미영이네 집'으로, 「力士」에서는 '창신동 빈민가'에서의 생활로, 「누이를 이해하기 위하여」에서는 "황혼과 해풍이 있는 고향"으로 나타난다.

그러나 「생명연습」이나 「서울의 달빛 0장」의 경우는 이에 해당하지 않는다. 「생명연습」의 경우, 한국전쟁을 전후하여 고향과 피난지에서 벌어진 일들(낯선 남자를 들이는 어머니, 이런 어머니를 죽이려는 형, 또 그런 형을 벼랑에서 밀어버리는 나와 누이)은 현재의 단절된 역사적 전망을 과거를 통해서 충족시키려는 낭만적 시간과 다르다. 또한 「서울의 달빛 0장」에서 적나라하게 그려지는 섹스와 돈으로 상징되는 욕망의 타락상이 '나'와 아내의 파경에 대한 근본적 원인으로 제시되고 있기 때문에 그 시간 역시 낭만적 시간과는 거리가 멀다. 그 이유는 이들 작품에서 나타나는 소급 제시가 모두 반륜적 상황 속에 노정된 '실존적 시간'을 포함하고 있기 때문이다. 더불어 「그와 나」의 경우 '녹슨 쇠못'에 찔려 파상풍으로 죽게 된 이웃집 청년의 일화는 화자에게 끊임없이 실존적 불안을 환기하는 원체험으로 기능하는 소급제시이다. 이때 과거의 삶은 모두 현재의 갈등과 대립의 근본적인 원인으로 작용하고 있으며 그 갈등은 현재에도 풀리지 않기 때문에 역사적 시간으로부터도 단절되는 양상을 드러내다.

셋째, 순환적 시간 구조를 나타내는 작품으로 「무진기행」
과 「환상수첩」을 들 수 있다. 김승옥의 소설에서 순환적 시간
구조를 드러내는 작품은 여로형 플롯에 의해서 나타나는데,
'출발 → 여행 → 귀환'의 구조에 의해서 형상화된다.

먼저 「무진기행」은 '무진으로 가는 버스', '밤에 만난 사람
들', '바다로 뻗은 긴 방죽', '당신은 무진을 떠나고 있습니다.'
의 소제목이 붙어 있는 4개의 부분으로 나누어져 있다. 이
소제목은 시간적인 순서에 따라 진행되면서 삼박 사일간의
이야기를 보여주고 있다.

이것을 시퀀스의 단위로 정리하면 다음과 같다.

(1) 며칠 전, 주주총회에서 '나'를 제약회사 전무 이사로 앉히기
    위해서 일을 꾸미는 동안, 무진에 내려가 있으라는 아내의 권
    유를 받고 '나'는 무진으로 내려온다.
(2) 저녁에 무진 중학의 후배인 '박'의 방문을 받으며, 식사 후 세
    무서장이 된 친구 '조'를 만나 그의 집에서 음악 선생인 '하인
    숙'과 조우한다.
(3) 다음 날, 어머니 묘에 성묘를 하고 나서, '조'의 사무실을 방문
    한다. 오후에 바닷가 방죽에서 '하인숙'을 만나 옛날에 폐병을
    치료하기 위해 거처하던 집에서 그녀와 성관계를 갖는다.

(4) 이튿날 아침 아내에게 온 전보를 받고, 심한 부끄러움을 느끼
   며 무진을 떠난다.

(1)에서는 무진행 버스 속에서 아내에게 무진행을 권유받
던 장면을 떠올리고 있으며, 병역기피 등의 무진에 대한 어두
운 기억을 소급제시하고 있다. 버스를 타고 무진을 향하여
가는 시간 속에 이 이야기를 포함시킨 것은 '나'가 무진에
다가갈수록 의식 또한 무진 속으로 빠져들고 있음을 보여주
기 위함이다. (2) '박', '조', '하인숙' 등과의 만남이 주로 서술
되어 있다. (3)에서는 폐병을 치료하던 시간을 소급제시하며
그 시절 기거하던 집에서 '하인숙'과 정사를 나눈다. (4)에서
는 아내의 전보를 받고 상경하는 장면이 제시된다.

여기서 '나'가 기억하는 무진의 과거는 "한결같이 어둡던
청년시절"이며 폐병·수음·병역 기피자의 시간으로 표상되어
있다. "서울에서의 실패나 새 출발"은 서울의 현재와 미래를
뜻한다. 그러나 현재와 미래와 맞설 수 없을 때, '나'는 과거로
도피할 수밖에 없다. 그런데 이 도피는 여행이지 완전한 은거
는 아니다. 왜냐하면, 나의 삶의 대부분은 서울의 현재 시점에
서 영위되며, 미래지향을 나타내는 서울에서의 시간의 실체
개념은 '출세'(대회생제약회사 전무)이기 때문이다.

이상 「무진기행」의 서술 구조는 현재의 무진에서 일어난

일 이외의 서술은 주로 과거의 우울했던 시절의 소급제시가 중심이며, 과거의 실체는 현재의 실체와 대비되는 바, '과거·무진·어둡던 청년시절'과 '현재·서울·출세'가 각각 대비적으로 나타난다. 이러한 '플롯의 시간'을 갖는 「무진기행」의 시간 구조는 과거의 무진, 몇 번의 무진행, 그리고 이번의 무진행이 모두 '나'에게는 암담하고 부끄러움 삶의 모습을 확인하는 것 이상의 의미를 지니지 못하며, 이러한 무진(과거)으로의 도피는 언젠가 다시 반복될 수 있음을 암시하는 순환적 시간 구조를 드러낸다.

「환상수첩」은 액자 구조로 되어 있는데, 외화外話의 서술자인 '임수영'이 내화內話의 서술자인 '정우'의 수기를 소개하는 형식으로 되어 있다. 여기서 순환적 시간 구조를 나타내는 부분은 바로 내화의 스토리이다. 물론, 부분적으로 시간 역전이 나타나기는 하지만, 전체적으로는 서울에서 하향한 '나'가 고향에서도 안식을 얻지 못하고 여수와 섬을 여행하고 다시 돌아오는 귀환형의 순환적 시간 구조를 가지고 있다. '나'는 자신의 삶의 환부가 어디 있는지 정확하게 알지 못하는 존재이며 하향의 이유도 삶의 고뇌의 원인도 뚜렷하게 제시되어 있지 않지만, 1960년대 초반의 젊은이들의 고뇌와 절망의 분위기를 함의하고 있다. 그도 그럴 것이 고향에 돌아와서 만난 친구들은 모두 정신적·육체적 상태가 정상과는 거리가 있는 인물이다. '수영'은 폐침윤 2기 진단을 받고 고향에 내려와 춘화를 제작해서 팔고 있으며, '형기'는 집에 불이나 가족 모두가 죽고 자신은 장님이 되어 있으며, '윤수'는 몸무게가 병적으로 가벼워 징병을 면제받았고, 춘화의 모델로 전락한다. '나'에게 이러한 인물들이 존재하는 고향은 정신적 안식처라기보다는 어리석은 도피처임을 확인시켜 줄 뿐이다. 여행지에서 만난 서커스단도 유랑의 생활을 하는 쓸쓸한 존재들이며 결국 그들은 서커스단을 해체하고 각자의 길을 가게 된다. 이 과정에서 서커스 단원인 '미아'라는 여자를 만나게 되는데, '윤수'는 그녀와 결혼을 약속한다. 그러나 고향에 돌아온 '윤수'는 '수영'의 여동생인 '진영'을 윤간한 깡패들과 싸우다가 죽게 된다. 내화는 '나'가 '형기'의 손을 잡고 인가 없는 바닷가에 가는 것으로 끝을 맺고 있지만, 외화에서 '수영'(외화의 서술자)이 그의 죽음을 확인시켜 준다. 결국 이 작품은 세계에 대한 절망과 여행이라는 동경에서 귀환하여 죽음('윤수'와 '나')이라는 최후의 선택을 하기까지의 순환적 여로를 보여준다.

일반적으로 순환적 시간 구조는 시간이 반복적 구조로 나타나고, 이러한 시간은 원형적 시간, 신화적 시간의 의미를 지니며, 일종의 재생의식과 영원 회귀의식을 나타낸다.[71] 그러나 김승옥의 소설에서 순환적 시간 구조를 나타내고 있는

「무진기행」과 「환상수첩」은 "과거의 신성했던 시간을 반복함으로써 영원한 삶을 살려는 의지"를 얻게 되는 재생의식과는 거리가 멀다. 「무진기행」에서 '나'(윤희중)에게 고향 '무진'은 과거의 신성한 공간이라기보다는 '나'의 정신적 외상을 원적지이고, 「환상수첩」에서도 '나'(정우)에게 고향은 정신적·육체적 불구성을 가진 친구들이 괴롭게 살아가는 공간이다. 따라서 이들에게 고향은 재생의 공간이라기보다는 자신의 실존적 상황을 일깨워주는 공간인 셈이다. 그러므로 김승옥 소설에 나타나는 순환적 시간 구조는 실존적 시간과 결합된 귀환형 구조를 나타낸다고 할 수 있다.

한편, 이러한 순환적 시간은 선형적(직선적) 시간에 대한 회의와 거부를 지향한다.[72] 일반적으로 직선적 시간은 진보와 발전이라는 미래지향적 시간성을 함의한다. 그러나 순환적 시간 구조는 선형적 시간이 내포하는 역사주의에 대한 반동이며 미래적 시간에 대한 환상을 거부한다. 김승옥 소설에서 순환적 시간 구조란 일체의 미래지향적 전망과 단절된 현재 속에서 과거를 유추적으로 반복하는 폐쇄회로와 같은 구조인 셈이다.

---

71) 위의 책, 194쪽.
72) 위의 책, 362쪽.

마지막으로 무시간적 시간 구조를 드러내는 작품으로 「확인해본 열다섯 개의 고정관념」을 들 수 있다. 시간 구조가 심리적 시간에 의해서 이루어지고 있어 이것을 논리적인 시간의 질서로 이해하기 어려운 경우가 있는데, 이러한 경우를 무시간성achrony이라 한다. 이는 어떤 원리에 따르는 질서의 부재를 의미하기 때문에 마치 꿈의 현시적 내용 같은 것으로서, 질서의 부재는 지각의 전인과적 상태를 반영한다.[73]

김승옥의 단편, 「확인해본 열다섯 개의 고정관념」은 텍스트가 의식의 흐름에 의해 자신의 고정관점을 늘어놓는 방식으로 짜여져 있어, 무시간성의 양상을 나타낸다. 다음은 이 작품의 고정관념에서 제시하고 있는 15개의 고정관념이다.

1) 벽의 그 귀퉁이가 허술해 보이는 그것은 이젠 내 고정관념 중의 하나이다.
2) 직선은 몬드리안에서 그쳐버렸다는 생각도 이젠 내 고정관념 중의 하나이다.
3) 일본사람들은 금빛을 좋아하나 보다라고 생각했는데 그것도 이젠 내 고정관념 중의 하나이다.
4) 예쁜 여자 앞에서 내 약점이 드러날 때는 더욱 창피한 법이라

---

73) 위의 책, 266쪽.

는 생각도 이젠 내 고정관념 중의 하나이다.

5) 수단이 흔히 목적을 배반한다는 그것도 이젠 내 고정관념 중의 하나이다.

6) 손처럼 처리하기 곤란한 물건은 없다는 생각도 이젠 내 고정관념 중의 하나이다.

7) 그 전쟁이 꼭 한 번만 일어나면 세계엔 평화가 온다는 생각도 이젠 내 고정관념 중의 하나이다.

8) 어차피 믿어 주지 않을 해명은 하지 않는 게 정직하다는 생각도 이젠 내 고정관념 중의 하나이다.

9) 부잣집 아가씨들에겐 이해하기 곤란한 취미가 있다는 생각도 이젠 고정관념 중의 하나이다.

10) 프라이드가 아름다울 수 있는 가장 빠른 길이라는 생각도 이젠 내 고정관념 중의 하나이다.

11) 정직해 보고 싶은 기회를 주지 않는 게 세상이다라는 생각도 퍽 흔한 생각이지만, 이젠 내 고정관념 중의 하나이다.

12) 괴로워하며 '사이'에 위치하는 게 최선의 태도라는 생각도 이젠 내 고정관념 중의 하나이다.

13) 현재 있는 것은 옛날부터 쭉 있어왔을 거다. 이것도 이젠 내 고정관념 중의 하나이다.

14) 사람들을 영화의 압박에서 해방시킬 수는 없을 것 같다. 이것도 이젠 내 고정관념 중의 하나이다.

15) 동그라미를 저 벽에 붙이러 일어나보자. 할 수 있겠지? 자아, 내게 가장 귀중한 고정관념으로써.

　　그렇다면, 이 15가지의 고정관념은 이 텍스트의 구조와 어떻게 연결되는가? 로만 야콥슨Roman Jakobson은 페르디낭 드 소쉬르Ferdinand de saussure의 언어에 대한 통찰을 바탕으로 하여 언어 운용의 두 가지면, 즉 계열적paradigmatic 관계와 통합적 syntagmatic 관계에 대하여 논하였다. 여기서 전자는 유사성 similarity에 의한 수직의 축이고, 후자는 인접성contiguity의 원리에 의한 가로의 축이다. 따라서 언어의 운용이란 화자가 낱말을 선택하고 그것을 언어의 구문 체계에 따라 문장으로 결합시키는 것74)이다. 여기서 계열체는 기억의 연쇄 속의 요소로 존재하는 어사들의 잠재적in absentia 결합 방식이라면, 통합체는 현재적in presentia 관계이며 실제적 연쇄 속에 현존하는 둘 혹은 그 이상의 어사들의 결합방식75)을 가리킨다. 결국 모든 진술은 유사성의 계열체의 축에서 인접성의 통합의 축으로 투사하여 이루어지는 것이다.

　　이러한 언어운용에 관한 야콥슨의 이론은 「확인해본 열다

---

74) 로만 야콥슨, 신문수 편역, 『문학 속의 언어학』, 문학과지성사, 1989, 94쪽.
75) 위의 책, 97쪽.

섯 개의 고정관념」의 텍스트 구조를 이해하는 데 용이하다. 그것은 이 텍스트에서 15가지의 고정관념의 계열체들이 '나'의 '의식의 흐름'을 통해서 서술되고 있기 때문이다. 다시 말하면, 이 작품은 15가지의 고정관념의 계열체들이 나의 '의식의 흐름'을 통해서 통합체로 투사되어 텍스트를 구성하고 있는 것이다. 그런데 이와 같은 고정관념의 계열체들이 '나'의 의식 속에 잠재되어 있는 것이라면, 이 계열체들은 지각과 대치의 가능성[76]을 내포하고 있는 것이기 때문에 등가성의 원리에 의해서 은유metaphor의 축을 형성한다. 또한 이 계열체들은 인접성에 의해서 결합되면서 환유metonymy의 축을 이룬다. 그러나 15가지의 고정관념이 어떠한 논리적 개연성을 가지고 전개되는 것이 아니라 의식의 흐름에 입각한 비논리적 계열체라고 한다면, 이 텍스트는 환유의 축(통합체)보다 은유의 축(계열체)이 더 우위에 놓임을 알 수 있다.[77] 따라서 각각의 고정관념의 계열체들은 유사성에 의해서 상호 작용한다. 이것은 이 작품을 커다란 은유의 장場으로 생각할 수 있는 근거가 된다.

한편, 「확인해본 열다섯 개의 고정관념」의 계열체들은 모두

---

76) 이승훈, 『시론』, 고려원, 1990, 197쪽.

77) 김정남, 「김승옥의 '확인해본 열다섯 개의 고정관념'의 텍스트성 연구: 변증법적 문학 연구를 위한 반성적 시론(試論)」, 『한양어문』 16집, 한양어문학회, 1998, 305쪽.

각기 의미영역을 가지고 서로 넘나든다. 즉 15가지의 고정관념들은 개별적으로 존재하지만, 통합체로 투사되어 또 커다란 의미망을 구축하게 된다. 그 고정관념의 계열체들은 다음과 같은 상호연관 속에 놓인다. 이러한 고정관념들은 원형적 상징으로 그 의미 맥락을 결정짓는다. 노드롭 프라이Nothrop Frye 가 말했듯이, 원형을 향한 귀납적 운동은 구조적 분석으로 후퇴하는 과정이며 그것은 그림의 화법보다는 구성을 보려고 할 때, 그 작품에서 물러서는 것과 같다.78) 따라서 「확인해본 열다섯 개의 고정관념」은 고정관념의 계열체들을 원형적 상징으로 그 의미를 추출하고 이것을 통해서 그 관계를 파악해 본다면 작품의 구조와 의미가 분명해질 수 있을 것이다.

구분	의식의 변모 양상							
계열체의 상징적 의미	사각형, 직선 (불완전한 삶, 복잡한 내면, 지상적 세계)	의식이 분열된 '나'	교통 부재의 '나'	허위의 세계 속에 갇힌 '나'	허위의 '나'	'사이'에 존재하는 '나'	초월 하려는 '나'	원 (궁극적 상태, 완벽성, 천상적 세계)
고정 관념	고정관념 1, 2 (4 관련)	고정관념 6 관련	고정관념 6, 7	고정관념 8, 10, 13, 14 (3, 9 관련)	고정관념 5, 11	고정관념 12	고정관념 15	고정관념 15 관련 내용

---

78) Northrop Frye, "The archetypes of literature", Lodge, David(Edited), *20th Century Literature criticism*, London: Longman, 1972, p.427.

위의 도해에서 알 수 있듯이 「확인해본 열다섯 개의 고정관념」은 '의식의 흐름' 기법에 의해서 나열되는 계열체들은 통합체의 연사적인 맥락에서 더 큰 의미를 만들어 낸다. '나'는 무시무시한 냉기가 감도는 방에서 세계와 단절되어 있으며, 몸을 일으키거나 밖으로 나갈 힘도 의지도 없이 허술한 벽을 바라보며 자신의 고정관념을 하나씩 확인한다. 바로 이 작품은 이러한 의식의 흐름의 궤적이다. 그런데 이러한 고정관념은 사각형과 직선이 상징하는 내적 통일성이 결여된 불완전한 삶과 복잡한 의식의 세계, 그리고 현실적이고 타락한 지상적 세계에서, 원이 상징하는 초월적이고 궁극적인 천상적 세계로의 지향을 보여 준다. 이것이 '나'의 의식의 흐름의 궁극이자 핵심이다. 이것을 개별적으로 놓고 보거나 또는 텍스트의 표층에서 해석하려 한다면, 그 의미를 찾을 수 없을 만큼 난해하다. 그렇기 때문에 이것을 원형적 상징의 맥락에서 해석하면, '나'가 직선과 그것이 가로지르면서 만드는 사각형, 직사각형의 여행가방, 정사각형의 벽이 주는 내적인 불완전성에서 벗어나 허술한 벽에 신성하고 완벽한 세계의 상징인 원▥을 붙이고자 하는 의지로 나아간 것이라고 볼 수 있다. 이것은 자신의 내적 혼란상의 극복이자 현실에 대한 초월의 의지이며 지금까지의 고정관념에서 얻어진 내적 충일성의 발현으로 볼 수 있다. 요컨대 '나'는 현실적인 '나'에서 초월적인

'나'로 나아간 것이다.

이와 같이 의식의 흐름에 의하여 고정관념을 서술하는 방식으로 은유의 축이 강화된 계열체적 글쓰기는 필연적으로 비인과적 시간 구조를 나타낸다. 이러한 비인과적인 시간구조는 시간적 언어논리보다는 심리적 연관성에 의해서 의식의 복합성과 시간의 융통성을 효율적으로 운용하는 방식으로 시간 구조를 해체한다. 이러한 경우, 서술자는 때로 시간 순서에 따르기를 거부하고, 장소의 근접이나 날씨에 의해, 혹은 주제적 유사성에 의해 사건을 모아 보려는 의도가 있으며 시간의 자율temporal autonomy을 수행하는 것이다.79)

이러한 무시간적 구조는 순간적 시간에 해당한다. 순간적 시간은 시간의 계기성이 완전히 소멸하며 시간의 공간화를 성취하는 시간이 된다.80) 따라서 이러한 시간은 병치성을 구조 원리로 하며 「확인해본 열다섯 개의 고정관념」의 경우는 계열체적 글쓰기를 통해서 병치적 구조를 드러낸다.

---

79) 제라르 즈네뜨, 앞의 책, 73~74쪽.
80) 이승훈, 앞의 책, 194쪽.

연 구 과 제

- 양귀자의 『원미동 사람들』 연작 중 「한계령」(1987)의
  서사를 시퀀스 단위로 분절하여 기본서사와 소급제시
  사이의 관계와 구성상의 기능에 대하여 설명해 보시오.

3. 서사의 공간성

소설의 공간은 자연 세계를 소설 언어로 재현해 놓은 것처럼 사실성을 보유하고 있으면서, 한편에서는 소설을 구성하는 요소로서 구조적 의미를 지닌다. 이러한 소설 공간은 그것이 작품에서 어떤 기능을 담당하느냐에 따라서 중립적 배경 neutral setting과 기능적 배경technical setting으로 나누어진다. 중립적 배경은 작품 안에서 사실성을 확보하기 위해 필요로 하는 것이고, 기능적 배경은 공간의 사실성을 강화하는 동시에 작가의 의도를 충족시키기 위하여 기능적으로 작용하는 배경을 말한다.81) 이러한 구분에 의해서 보았을 때, 김승옥의 소설에서 형상화되는 공간은 기능적 배경을 효과적으로 구조화하고 있다고 할 수 있는데 이는 "비유로서의 배경setting as a metaphor"에 가장 충실하다는 의미이기도 하다. 따라서 그의 작품의 공간은 다양한 방식으로 형상화되고 구조화된다. 김승옥 소설에 나타나는 공간 구조의 유형은 크게 '대립적 공간 구조'와 '다층적 공간 구조'로 유형화할 수 있다.

첫째, '대립적 공간 구조'가 작품 속에서 갖는 의미와 기능을 알아보기로 한다. 김승옥의 소설에서 대비적 공간 구조는

---

81) 현길언, 앞의 책, 200~201쪽.

그의 작품에서 빈번하게 나타나는 공간 구조인데, 작품에서 인물과 대등한 비중의 핵심적인 기능을 담당한다.

대립적 공간 구조를 나타내는 것으로 가장 빈번한 구도는 '도시'와 '고향'(농촌)의 대립이다. 이러한 예로 제시할 수 있는 작품은 「무진기행」과 「누이를 이해하기 위하여」, 「그와 나」이다.

먼저, 「무진기행」은 공간 구조상으로 볼 때, '서울'과 '무진'으로 대비된다. 대회생제약회사 전무라는 출세가 보장되어 있는 '서울'이라는 공간과 징병을 거부하며 골방에서 독한 담배와 수음으로 보낸 청년시절의 음울한 초상이 과거의 '무진'이기 때문이다.[82]

대회생제약회사 전무 자리를 보장받은 '윤희중'의 여행은 현재의 출세와 성공을 잠시 뒤로 한 채, 자신의 정신적 원적지를 방문한다는 데 의미가 있다. 따라서 이러한 그의 여행은 조셉 캠벨에 따르면 a) 떠남^{departure} → b) 통과^{initiation} → c) 회귀^{return}[83]의 통과의례의 절차에 대응하며 이는 각각 a) 서울

---

[82] '무진'은 유토피아와는 정반대적인 공간이다. 모든 욕망이 좌절되고, 선택의지가 파괴되고, 자랑할 만한 것도, 쓸모 있는 것도 없는 불투명하고 보잘것없는 망각의 공간인 것이다. '무진'의 이와 같은 수면 상태 속에서 오히려 인간은 생명의 본래적 시간을 만나게 되고, 죽은 욕망이 일어서게 되는 것이다. 그러므로 '무진'은 나날이 퇴화해가는 생의 실상을 만날 수 있는 '逆유토피아'이다.(이어령, 「죽은 욕망 일으켜 세우는 逆유토피아」, 『다산성-자선대표작품선』, 한겨레, 1988, 367쪽.)

→ b) 무진 → c) 서울에 해당한다. 이러한 대비적 구조는 단순하게 공간 구조를 구획하는 의미를 넘어서, 시간 구조 및 사회적 의미와 긴밀하게 조응하고 있다.

현실적 공간으로서의 '서울'은 결혼, 출세, 전무, 책임을 동반하는 일상적이고 세속적인 세계이며, 반대로 '무진'은 안개와 비와 밤이 암시하고 권태, 초조, 수음, 골방 등이 환기하는 바와 같이 어두운 내면세계를 상징한다. 이러한 무진의 공간속에서 '윤희중'은 자신의 자아를 확인하고, 자신의 분신들과 같은 무진의 사람들 속에서 심한 부끄러움을 안고 떠날 수밖에 없는 것이다.

이러한 도시와 농촌(고향)의 대립은 그의 소설 「누이를 이해하기 위하여」에 잘 나타나는데, 이 작품에서는 도시로 떠난 누이의 실패와 그에 따른 누이의 침묵, 그리고 그러한 누이를 이해하기 위하여 상경한 '나', 이러한 인물 구도 속에서 공간은 양분된다.

이 황혼과 이 해풍, 그들이 우리에게 알기를 강요하던 세계는 도대체 무엇이란 말인가. 미소를 침묵으로 바꾸어 놓는, 요컨대 우리가 만족해 있던 것을 그 반대로 치환(置換)시켜 버리는 세계

---

83) 조셉 캠벨, 앞의 책, 32쪽.

였던 것인가. 누이는 적어도 우리가 보낼 때에는, 훈련을 받기 위해서 그곳에 간 것이 아니라 완성되기 위해서 간 것이었다. 그런데 침묵의 훈련만을 받고 돌아오다니.

(누이를 이해하기 위하여, 1, 100)

인용문에서 나타나듯이 고향의 '황혼'과 '해풍' 속에서 영원의 토대를 장만할 수 없었던 사람들은 도시로 몰려갔고 그들은 '미소'를 '침묵'으로 바꿔버리는 도시적 삶의 논리에 좌절하게 되는 것이다. 여기서 누이도 "옷에 먼지를 묻혀오듯이 도시가 주었던 상처와 상처의 씨앗을 가지고 돌아온" 것이다. 이렇게 이 작품은 '도시'와 '고향'의 대립을 통해서 고향을 떠난 상경인上京人의 좌절과 비애를 형상화하고 있는 것이다.

「그와 나」는 서울대 신입생인 '나'가 고향을 떠나 서울로 가는 기차 칸에서 '그'를 만나는 사건에서 시작된다. '그'는 자리는 양보해야 하는 상황이 발생할 것을 두려워하여 눈꺼풀을 가늘게 떨고 앉아 있는 '나'에게 "감고 있는 눈꺼풀에 대롱대롱 매달려 있는 양심"이라 말하며 빈정거린다. '나'는 이런 그의 표현에서 다음과 같은 생각을 하게 된다.

그런 식의 표현 자체에서 나는 마치 비릿한 물이끼 냄새가 풍겨오면 강이 가까웠음을 알 수 있듯 대도회의 세련된 문화와 성인 세계의 윤리가 나에게 임박한 것을 느끼며 뭔가 숨쉬기가 답답해졌다. 가난한 지방 도시에서는, 그리고 자라나는 유·소년 시절엔 옆엣사람을 돌아보지 않는 악착스런 경쟁과 경쟁에 진 자의 굴종이 스스럼없이 공존(共存)하는 것이다. 그 공존에 불평을 하거나 야유를 하다는 건 가난한 지방 도시의 문화와 유·소년 시기의 윤리를 파괴하는 것이다. 먼저 타고자 노력을 한 자가 자리를 잡고 앉는 것이 당연한 것이다. 그 친구의 빈정거림은 어쩌면 내가 살아왔던 공간과 시간 전부를 모욕하는 것이었다.

(그와 나, 1, 285~286, 강조 - 인용자)

여기서 두 공간은 '대도회'와 '지방 도시'의 대비로 나타난다. "대도회의 세련된 문화와 성인 세계의 윤리"란 사람들 사이의 진정한 관계라기보다는 악착스러운 경쟁을 교묘하게 감추는 '문화'라는 이름의 또 다른 위선이다. 반대로 "가난한 지방 도시의 문화와 유·소년 시기의 윤리"란 경쟁과 진 자의 굴종이 스스럼없이 뒤섞이는 공간으로서, 일체의 문화적 억압으로부터 자유로운 인간 본연의 삶의 모습을 가리킨다. 결국, '나'는 대도회로 떠나면서 지방 도시와 유·소년기의 윤리에서 대도회의 세련된 문화와 성인 세계의 윤리로 입사하게 되는 것이다.

한편, 대립적 공간 구조는 '내부'와 '외부'의 대립으로 나타나기도 한다. 그의 소설에서 '외부'는 힘과 시련과 자본을 의미하고, 이에 '내부'의 힘없음, 평안, 가난이 각각 대응한다. 「염소는 힘이 세다」에서는 전쟁통에 남자들이 모두 죽은 가난한 집안에서 기르던 염소가 죽은 후, 그 염소가 '정력 보강 염소탕'으로 팔리면서 힘없고 가난한 집안에 외부의 힘과 자본이 개입하게 되는 것을 발견할 수 있다. 염소탕을 팔게 되면서 밀어닥친 외부의 힘과 자본의 논리는 염소탕을 먹으러 오는 '힘센 사람들'을 불러드리고, 급기야 '누나'는 '합승 정거장 사내'에게 강간을 당하고 그 대가로 버스 안내양으로 취직하게 되는 것이다. 결국, 이 작품에서 외부의 힘과 자본의 논리는 힘없고 가난한 한 가정의 삶을 파괴시킨 것이 된다. 「乾」에서는 '방위대 건물'은 크레용으로 백회벽에 그림을 그리며 놀던 추억의 공간인데, 이 건물이 전쟁 당시 인민군들의 군사 본부로, 시방위대의 본부로 사용되고, 빨치산 습격에 의해서 불타게 된다. 이러한 전쟁이라는 외부의 폭력은 내부적 평안과 안식을 파괴한 것이 된다. 이와 같은 대비적 공간 구조는 타락한 '외부'의 힘과 시련과 자본이 '내부'의 나약과 평안과 가난을 파괴하는 방식으로 형상화된다.

또한 대비적 공간 구조는 비동시적인 것의 동시적 공존이라는 아이러니한 상황을 포착하는 데 기여하기도 한다. 「力士」는 주인공이 거처했던 '창신동 빈민가'와 새로 이사 온 '깨끗한 양옥 하숙집'이 대립되며, 그곳에 살고 있는 인물도 대립된다. 전자의 공간이 무질서와 방임放任의 공간이라면, 후자의 공간은 질서와 규제의 공간인 것이다. 이러한 측면에서 '빈민가'는 근대적 규율이 확립되지 않은 공간이고, '양옥집'은 규칙적인 생활 방식과 규율에 의해서 움직이는 근대적 공간이다. 여기서 '나'는 '양옥집' 할아버지의 독단에 의해서 질서화되어 있는 규격화된 삶의 논리에 반감을 나타내게 된다. 또한이 작품에서 서씨가 역사力士로서의 가치를 인정받았던 과거의 공간과 사회 변동에 따라서 그 역할이 상실된 현재의 공간은 엄밀하게 대비된다. 즉, 현재 그가 동대문의 성벽을 이루고있는 돌을 들고 이리저리 옮기는 것은 근대의 시간을 거부하는 제의적 행위라고 할 수 있다.

둘째, '다층적 공간 구조'가 작품 속에서 갖는 의미와 기능을 알아보기로 한다. 소설에서 다층적 공간 구조는 시간 구조가 연대기적이어서는 거두기 힘든 효과이다. 따라서 그의 작품에서 다층적인 공간 구조를 가지고 있는 작품은 시간 구조가 계열적이거나 심리적인 시간 구조를 드러내는 서술 구조일 때 보다 잘 나타난다.

「생명연습」에서는 시간 구조에서 설명했듯이 이야기의 구조가 주 스토리-선과 부 스토리-선으로 구성되어 있기 때문에 공간 구조는 주 스토리-선에서 이루어지는 '한교수'와 '나'

사이의 대화 공간인 '다방'과 '길거리', 부 스토리-선인 '한교수'가 회상하는 '30년 전의 이야기 공간'과 '나'의 '6·25 무렵 가족들과의 일들이 펼쳐지는 여수와 피난지'가 서로 교차적으로 제시되면서 텍스트의 공간 구조를 다층적으로 형성하고 있다.

즉, 암으로 죽은 '한교수'의 옛 애인(동료 박교수의 부인인 '정순')과의 사랑 이야기와 '나'의 유년기의 기억을 통한 삽화를 통해서 다양한 인물들이 제시되는데, 이 삽화 속의 인물들이 구성하는 사단事端은 다양한 공간을 형성하고 있다. '한교수'와 서술자인 '나', 자신의 성기를 잘라버린 '전도사', 어머니의 살해를 계획하는 '형'과 사춘기의 '누나', 남자를 끌어들이는 40대 과부 '어머니', 시를 쓴다는 명분으로 여자를 하나하나 정복하며 자기 세계를 구축하고 있는 친구 '영수', 도시의 불빛을 바라보며 자위를 하는 '애란인 선교사', 자로 선을 그려버린 것으로 괴로워하는 만화가 '오선생' 등의 다양한 인물들은 다양한 복합적 공간을 형성한다.

「무진기행」의 경우, '삽화적 기법'과 영상의 활용이 보편화된 작품으로 '입체적 건축 소설architectonic novel'84)로서의 위상

---

84) 박선부는 에피퍼니epiphany적 영상 기법과 감각적 묘사를 일반적인 모더니스트의 취향으로 규정한다. 그는 랠프 프리드먼Ralph Freedman의 '서정 소설'(영상 내지 이미지의 조립에 초점을 두는 것)을 예로 들면서 이들 영상 간의 관계는 선형적으

을 지닌다. 「무진기행」이 이러한 다층적 공간 구조를 나타낼
수 있는 것은 스토리가 선형적으로 연속되어 있지 않고 공간
적 정서를 건축학적으로 구성하기 때문이다. 물론, 이 작품은
앞에서 언급한 대로 '서울'(도시)과 '무진'(고향)의 이분법적
공간으로 나눌 수도 있지만, 세밀하게 사건 구성의 축을 따라
가 보면, 매우 다층적인 공간성을 나타낸다.

1) 무진으로 향하는 버스 안

2) 공상·불면·수음·독한 담배꽁초 등으로 기억되는 골방

3) 미친 여자를 목격한 광주역

4) 사변 당시 병역 기피자로 은신하던 골방

5) 교미하는 개를 목격한 읍 광장

6) 음악선생 '하인숙'을 만난 세무서장 '조'의 집

7) 하인숙과 함께 걸은 밤길

8) 불면을 견디다 잠든 이모댁

9) 다음날 식전에 찾아간 어머니 산소

10) 술집작부의 시체를 목격한 방죽길

로는 불연속적이나 공간적으로는 건축적spatially architectonic이라고 말한다. 따라서
「무진기행」은 비교문학적인 관점에서 파운드의 '삽화적 기법'과 엘리오트의 영
상의 활용이 보편화된 작품으로 '입체적 건축 소설architectonic novel'로서의 위상을
지닌다.(박선부, 「모더니즘과 김승옥 문학의 위상: 김승옥 작품으로 본 모더니즘
의 형이상학·공간성·그리고 그 影像性」, 『비교문학』 7, 1982, 161~185쪽.)

11) 거드름을 피우는 '조'와 대면한 세무서장실

12) 하인숙을 만난 바다로 뻗은 방죽길

13) 하인숙과 정사를 나눈, 과거에 폐병을 치료하던 집

14) 잠이 들 때까지 술을 마신 이모댁

15) 다음날 무진을 떠나는 버스 안

이상에서 분절해 본 열다섯 개의 공간은 물리적으로 독립된 공간이지만, 주인공 '윤희중'의 정서를 입체적으로 구성하는 중층적 구조인 것이다. 여기서 공간의 구조는 '서울 → 무진 → 골방(→ 무덤 속)'으로 점점 협소화되는 것을 알 수 있다. 이렇게 점진적으로 좁아지는 공간은 주인공인 '나'가 자아의 내면으로 떠나는 여행임을 암시한다. 아내 덕분에 출세가도를 달리게 된 '나'는 무진으로 내려와 어두웠던 과거의 기억과 만나게 되고, 병역 기피를 위해 은신하던 방에서 불면과 공상에 잠긴다. 어머니의 산소 앞에서는 자신을 전무로 만들기 위하여 그와 관계된 사람들을 만나 호걸웃음을 웃고 있을 장인 영감을 떠올리자 묘 속으로 들어가고 싶은 욕망을 느끼며, 폐병을 치료하던 방에서는 하인숙과 무책임한 정사를 나누게 된다. 이러한 고립적이고 폐쇄적인 공간으로의 점진적인 이동은, 자아의 어두운 내면과의 대화 속에서 세속화된 자아의 욕망을 응시하고 부끄러워하는 '나'의 내면 풍경을 제시하기

위한 소설적 장치로 이해할 수 있다. 따라서 이러한 다층적인 공간 구조를 나타내고 있는 「무진기행」은 내적인 정서를 입체적으로 건축하고, 형이상학적 정서를 구조적으로 형상화하는 심미적 특성을 지닌다.

한편, 「확인해 본 열다섯 개의 고정관념」은 전술한 바와 같이 의식의 흐름에 의해 고정관념을 서술하고 있기 때문에 연상에 따라서 새로운 이야기의 공간이 제시된다. 즉, (냉기가 감도는) 방 → 대도시의 일출 → 빨간 동그라미가 그려진 카드를 가지고 있는 친구의 집 → 방 → 고향(전쟁터에서 팔을 잃은 형) → 거리(영희를 생각함) → 친구의 집 → '케스트너'의 이야기 공간 → (영희가 있을) 다방 → 기차 굴다리 → 방의 순으로 공간이 이동하는데, 이것은 시작과 끝을 제외하고 이야기의 순서를 바꾸어도 무방할 정도로 철저히 계열적인 서술을 보여주고 있다. 이러한 이유로 이 작품에서 다양한 공간이 다층적으로 구성되고 있는 것이다.

이와 같은 맥락에서 「서울 1964년 겨울」에서 나타나는 공간적 구조도 다양한 양태를 나타낸다. 이 작품은 ① 선술집(㉠ 만원 버스, ㉡ 평화시장의 가로등, ㉢ 서대문 버스정거장, ㉣ 단성사 옆 골목의 첫 번째 쓰레기통, ㉤ 을지로 삼가의 술집, ㉥ 서대문 근처의 전차, ㉦ 영보빌딩 안의 변소), ② 중국집(㉠ 서적 월부 외교원과 그의 아내의 생활 공간, ㉡ 세브란스 병원), ③ 양품점, ④ 택시 안, ⑤ 화재 현장, ⑥ 월부 책값을 받으러 간 어느 집 대문 앞, ⑦ 여관방, ⑧ 다음날, 버스 정류장으로 공간이 이동된다.[85)]

우선 대화 속에서 등장하는 ①의 ㉠에서 ㉂의 공간은 말하는 자에게나 듣는 자에게 모두 무의미한 공간이다. 그것은 평화시장 앞에 줄지어 선 가로등들 중에서 동쪽으로부터 여덟 번째 등은 불이 켜져 있지 않다거나 화신백화점 육층의 창들 중에서는 그 중에 세 개에서만 불빛이 나오고 있다거나 하는 식의 대화는 자신이 목격한 사실에 대한 언급일 뿐 타인과의 공감을 이끌어내기 위한 대화는 아니다. 이렇게 대화 속에서 언급되고 있는 장소도 단절되고 파편화된 공간일 뿐이다.

또한 이들이 이동하는 밤거리의 공간(①~⑦)은 어떠한가? 이들('나', '안', '사내')의 공간 이동은 사건 전개의 필연성에 의한 것이 아니라, 우발적으로 진행된다는 데 특징이 있다. 그들의 거쳐 가는 공간이란 잠시 스쳐간 임시 기착지에 불과하다. 따라서 이들의 공간은 '흐르는 시간 위에 떠 있는 공간'[86)]이다. 이들은 모두 시간을 보내기 위해서 밤거리를 떠돌

---

85) 괄호 속의 (㉠, ㉡…)은 한 장소에서 대화를 통하여 등장하는 공간이다.
86) 현길언, 앞의 책, 234쪽.

아다니는 것이기 때문에 모두 주체적으로 공간을 선택하지 못하고 마지못해 도시의 이곳 저곳을 전전하게 되는 것이다. 따라서 이 작품은 다층적이지만, 주체의 선택적 의지와 관계없는 파편적인 공간을 나타내고 있는 것이다.

이상에서 김승옥 소설의 시·공간 구조를 분석하였다. 시간 구조의 측면에서 그의 소설은 직선적 시간, 역전적 시간, 순환적 시간, 무시간achrony으로 유형화되는데, 이러한 시간 구조는 모두 실존적 시간을 내포하고 있다는 것이 특징이다. 이러한 점에서 그의 소설에 제시되는 삶의 갈등과 대립은 그대로 수용될 뿐 해소되지 않는다. 모두 미래적 시간과 단절된 채, 주체가 겪는 실존적 삶을 형상화하고 있는 것이다.

한편, 시간 변조에 의한 역전적 시간이나 순환적 시간, 나아가 무시간적 구조는 직선적 시간관의 해체라는 측면에서 이해할 수 있다. 즉, 직선적인 시간관을 거부하고 물리적인 시간을 초월하여 자아의 감정, 감각, 연상, 기억 등에 의하여 새롭게 시간을 주조하는 것이다. 공간 구조의 측면에서 보았을 때, 그의 소설은 단일한 공간에 의해서 형상화되기보다는 대립적인 공간이나 입체적 공간을 활용하여 주제의 형상화에 기여하고 있음을 알 수 있다.

요컨대, 직선적 시간관과 물리적 공간관을 거부하고 해체한 그의 소설은 주체 내부의 주관적 상대성을 갖는 경험적 시·공간을 나타낸다.[87] 과거와 현재와 미래가 선조적이며 인과율적인 시간으로 연속되지 않고 인간의 의식 속에서 지속적인 현재로 작동하는 것이다.[88] 그러므로 이와 같은 시간과 공간의 파괴와 해체라는 텍스트의 형식은 근대 부르주아의 가치관이 내재되어 있는 선형성linearity의 원리를 파괴하고, 전쟁의 상처가 아물지 않은 채 파행적인 근대화로 치닫던 1960년대의 시간을 내면적으로 수용하여 그 허위와 모순을 주체 내부의 경험적이고 상대적인 시·공간을 통해서 제시한 것이라 할 수 있다.

---

87) 최혜실, 『한국 모더니즘 소설 연구』, 민지사, 1992, 264쪽.

88) 영화에서 시간은 연속성과 일방통행적 성격을 잃어버린다. C·U으로 시간을 정지시킬 수 있는가 하면, 플래시 백Flash-back으로 거꾸로 돌릴 수 있다. 회상하는 장면에서 반복도 된다. 또는 미래의 전망을 통해 앞으로 껑충 뛰어나갈 수도 있다.(플래시 포워드Flash-forward) 동시에 일어나는 사건을 전후해서 보여줄 수 있는가 하면 시간적 간격을 가진 사건들이 이중 노출이나 교대적 몽타쥬를 동시에 보일 수 있다. 흔히 프루스트, 조이스, 도스 파소스, 버지니아 울프의 작품에서 플롯과 정면전개의 불연속성, 사상과 감정의 직접성, 시간 척도의 상대성과 모순성 등은 영화의 커팅과 溶明fade-in, 화면 삽입 등과 동일한 요소로 평가되고 있다.(위의 책, 273쪽.)

연 구 과 제

• 김승옥의 「力士」에 비견되는 작품인 박태순의 「서울의 방」(1966)에 나타난 공간의 상징성을 근대 기획과 연관 지어 설명해 보시오.

제4장 시점과 이야기 방식

제4장 시점과 이야기 방식

1. 시점과 거리距離 그리고 초점화

시점point of view이라는 용어는 말 그대로 화자가 이야기를 하기 위해 자리잡은 발화의 앵글을 가리킨다. 카아터 콜웰 Carter Colwell은 "그 이야기는 어디에서 보입니까?From where is the story seen?"[89]라는 질문으로 시점의 중요성을 강조한 바 있는데, 같은 이야기라 하더라도 시점에 따라 이야기의 구조와 내용은 크게 달라진다는 점에서 시점은 서사의 핵심적 기능을 수행한다. 가령, 윤흥길의 『장마』의 화자가 1인칭 유년화자의 관찰자적 시선에 의해 서술되지 않고 빨치산인 삼촌을

---

89) 카아터 콜웰, 『문학개론』, 을유문화사, 1984, 45쪽.

기다리는 친할머니나 국군인 아들을 잃고 공산당을 증오하는 외할머니의 시선에서 그려졌다고 상상해 보라. 그렇다면 서사의 균형감각은 무너지고 가족사에 드리워진 이념의 갈등과 그 화해는 제대로 형상화될 수 없었을 것이다. 게다가 이 작품은 성년 화자가 어린 시절을 회상하는 작중 사건과 서술 시점의 불일치, 그리고 순진무구한 어린이라는 '신빙성 없는 화자 unreliable narrator'를 통해 사건을 진술하는 두 가지 여과 장치를 통해 작중 사태의 객관화를 의도했다고 할 수 있다.

이러한 시점 논의에서 현재 학교 교육을 위시하여 정설처럼 받아들여지고 있는 것이 클린스 부룩스Cleanth Brooks, 로버트 펜 워렌Robert Penn Warren이 '서술의 초점focus of narration'이라는 용어로 제시한 시점 유형론[90]이다.

	사건들을 내적으로 분석함	사건들을 밖에서 지켜봄
스토리 안에서 등장인물인 서술자	① 주요 등장인물이 자기 스토리를 말한다.	② 군소 등장인물이 주요 등장인물의 스토리를 말한다.
스토리 안에서 등장인물이 아닌 서술자	④ 분석적 혹은 전지적 저자가 스토리를 말한다.	③ 저자가 관찰자로서 스토리를 말한다.

90) Cleanth Brooks, Robert Penn Warren, *Understanding Fiction*, N. Y.: Appleton-Centrury-Crafts, 1954, p.660.

여기서 ①은 1인칭 주인공 시점을, ②는 1인칭 관찰자 시점을, ③은 작가 관찰자 시점을, ④는 전지적 작가 시점을 가리킨다. 물론 이러한 시점의 구분은 작품의 내밀한 서사적 국면을 해명하는 데 매우 제한적이고 때에 따라서는 큰 의미가 없는 경우가 많다. 교과서적인 내용이 되겠지만 각 시점의 특징과 서술자—인물—독자 사이의 거리와 미적 효과에 대하여 일별해 보면 다음과 같다.

1인칭 주인공 시점은 '나'가 자기 자신의 이야기를 하는 것이므로 독자에게 내면을 직접 호소할 수 있는 장점을 지닌다. 그러나 사건이 항시 '나'라는 주관의 렌즈에 의해 채색되기 때문에 사건 자체를 중립적으로 그려낼 수 없다. 개인의 실존이나 자의식적 서술을 주무기로 하는 작품에 타당한 시점이라고 할 수 있다.

1인칭 관찰자 시점은 군소 등장인물이 주요 등장인물에 대한 관찰을 수행하는 것이므로 경험과 관찰의 기회가 제한적일 수밖에 없다. 하지만 화자의 상황, 직업, 나이 등의 특수성의 관점이 주요인물의 내면을 숨기게 함으로써 독자들의 능동적 개입과 해석적 틈입을 가능케 하는 효과를 발생시킨다. 가령, 양귀자의 『원미동 사람들』 연작 중의 하나인 「원미동 시인」에서도 유년화자의 순진무구한 시선을 통해 국가폭력의 희생자인 '몽달 씨'의 비극과 '김반장'으로 상징되는 어른들의 위선을 적나라하게 포착한 바 있다.

작가 관찰자 시점은 서술자가 관찰자의 위치에서 주관적 논평을 피하고 객관적인 태도로 상황을 서술한다. 작품은 카메라의 시선처럼 인물의 행동과 대화를 통해 객관적으로 서사를 진행한다. 하지만 내면에 침투할 수 없는 객관적 시선으로 전체 작품을 서술하는 것은 매우 드라이하고 단조로운 느낌을 줄 수밖에 없다. 따라서 서정인의 「강」과 같이 단편소설에서는 드라이한 묘사로 이러한 관점을 지속적으로 견지할 수 있으나 장편소설에서는 부분적으로 다루어질 수밖에 없는 한계를 지닌다.

전지적 작가 시점은 신과 같이 모든 것을 알고 있다全知는 입장에서 서술하는 태도를 가리킨다. 서술자는 작중 상황이든 작중 인물의 내면이든 모든 것을 들여다 볼 수 있으며 이에 대해 서술할 수 있을 뿐만 아니라 상황과 인물에 대한 요약적 설명은 물론 침입적 논평까지도 수행할 수 있다. 따라서 이러한 서술 방식은 서스펜스를 형성할 수는 없지만, 인물과 상황에 대한 이지적 분석이 필요할 경우 효과적이다. 한편, 3인칭의 경우도 최인훈의 『광장』의 '이명준'과 같이 특정 인물의 시각에서 서술되는 제한적 전지limited omniscient 혹은 선택적 전지selective omniscient를 취할 수도 있고, 특정 인물의 시선에 편향됨 없이 중립적으로 서술할 수도 있다. 이럴 경우 『광장』의 발화의 앵글은 3인칭이지만 특정 인물의 시선에 의해 중개됨에 따라 주관적 시점의 성격을 강하게 내포하게 된다.

이상의 네 가지 시점을 다시 서술자–인물–독자 간의 거리의 측면에서 설명하면 다음과 같다.

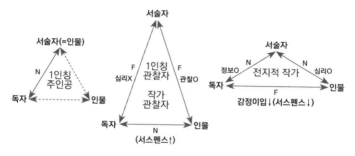

	시점	서술자–인물	서술자–독자	독자–인물
1인칭	주인공 시점	N	N	N
	관찰자 시점	F	F	N
3인칭	작가 관찰자 시점	F	F	N
	전지적 작가 시점	N	N	F

N: Near, F: Far

위의 도해에서 알 수 있는 바와 같이 1인칭 주인공 시점의 경우는 서술자가 곧 주인물이기 때문에 서술자–인물의 거리는 이론적으로 제로이고 서술자(=인물)는 직접 독자의 감정에 호소할 수 있기 때문에 서술자(=인물)–독자의 거리는 가

깝다. 1인칭 관찰자 시점과 작가 관찰자 시점의 경우는 서술자가 주인물의 내면에 침투할 수 없고 독자에게 심리를 전달할 수 없기 때문에 서술자-인물, 서술자-독자의 거리는 멀지만 독자는 작중 상황을 직접 목격하며 극적 효과를 얻을 수 있기에 인물-독자 간의 거리는 가깝다. 전지적 작가 시점의 경우는 서술자가 인물의 심리에 침투할 수 있고 독자에게 정보를 직접 전달할 수 있기 때문에 서술자-인물, 서술자-독자의 거리는 짧은 대신, 독자는 인물에 대해 감정이입이 어렵고 서스펜스가 약화됨으로 인물-서술자의 거리는 멀다고 할 수 있다. 요컨대 1인칭 주인공 시점을 제외하고 보면, 독자-인물의 거리는 서술자-인물, 서술자-독자 사이의 거리에 반비례한다고 할 수 있다.

하지만 이러한 장황한 설명에도 불구하고 서사상황의 내적 국면은 이러한 유형론으로 접근하는 데 한계를 지닌다. 가령, 김승옥 소설에서 「무진기행」과 「서울 1964년 겨울」의 서술 상황을 비교해 보자. 이 두 작품은 위의 유형론에 의하면 모두 1인칭 주인공 시점이다. 하지만 전자의 경우는 전형적인 1인칭 주인공 시점이라는 데 이견이 있을 수 없지만, 후자의 경우는 시점상으로는 분명 1인칭이지만 오히려 3인칭처럼 느껴진다. 그 이유는 「무진기행」에서 서술되는 내밀한 자아의식과 달리, 「서울 1964년 겨울」의 서술자의 의식과 행동이 두 인물

(대학원생 '안', 서적 월부 외판원 사내)과 동일한 비중으로 드라이하게 서술되기 때문이다. 「무진기행」은 서술자의 분신인 세무서장 '조'와 음악선생 '하인숙', 그리고 국어선생 '박'을 그려내고 이들을 종합하고 있지만, 「서울 1964년 겨울」은 서울 거리에서 우연히 만난 나를 포함한 세 사내 사이에서 발생하는 소외와 관계성의 파탄양상을 그리고 있다는 점에 그 이유가 있다.

바로 여기서, 기존의 시점 이론의 사각지점을 보완하기 위해 초점화focalization 이론이 서사학적 대안으로 제기된다. 전통 시학에서 시점Point of view은 대상에 대한 인식의 지향을 나타내지만, 실제로는 대상에 대한 인식, 감정, 관념적 지향 등을 포괄하기 때문에, 현대 서사학자들은 초점화라는 용어를 새롭게 제안하고 있다. 특히 즈네뜨는 시점이라는 용어들이 풍기는 지나치게 시각적인 느낌을 피하기 위해 초점화라는 용어를 사용하고자 한다.91)

프란츠 슈탄젤Franz Stanzel은 전지적 작가 서술 상황, 1인칭 서술 상황, 3인칭 서술 상황 등 세 가지 서술 상황을 제시한 바 있다. 이 가운데 3인칭 서술 상황은 특정한 인물의 시각을 택한다는 점은 1인칭 서술 상황과 유사하지만, 3인칭으로 서

---

91) 제라르 즈네뜨, 앞의 책, 177쪽.

술된다는 점은 전지적 서술 상황과 유사하다. 즈네뜨는 이에 대해 한편으로는 그 정당성을 인정하면서도, 서술법과 음성 두 가지 자료를 시점이라는 단 한 개의 범주로 묶어서 제시하는 것은 혼란스럽다고 지적한다. 오히려 서술법(초점화)과 음성(서술)의 차원을 분리해서 설명하는 것이, 하나의 서사 구조가 어떻게 해서 표면적인 텍스트로 나타나게 되는가를 드러내는 데 도움이 된다고 본다. 곧 초점화의 차원은 서술의 차원보다 구조적으로 선행한다는 것이다.

이어서 즈네뜨는 '초점화'의 여러 유형들을 구분한다. 먼저, ① '제로 초점화zero focalization, 비(非)-초점화'는 서술자가 작중 상황을 자신의 지각으로 바라보되 인물의 심리까지 자유롭게 침투하는 경우이다. 이는 화자가 등장인물이 알고 있는 것보다 더 많이 이야기하는 종래의 '전지적 시점'을 의미한다. ② '내적 초점화internal focalization'는 서술자가 직접 작중 상황을 바라보지 않고 특정 인물의 시각으로 바라보는 경우이다. 화자가 정해진 등장인물의 눈에 비친 것만을 이야기하는 '제한된 시점'으로 인물이 본 외적 세계와 그 인물의 사고와 심리가 서술된다. ③ '외적 초점화external focalization'는 서술자가 인물의 심리에 침투하지 못한 채 자신의 지각만을 이용해 관찰하는 경우이다. 이때 장면은 완전히 외적이고 순진한 목격자의 시점으로 서술된다. 여기서 내적 초점화는 등장인물의 의식을 통해through 초점이 맞추어지는 서술인데, 그 초점이 한 사람에게 (a) 고정된 경우─고정 초점화, (b) '가변적인' 초점화─가변 초점화, (c) '복수multiple' 초점화─다중 초점화(서간체 소설: 같은 사건이 편지를 쓰는 여러 등장인물의 시점에 따라 여러 번 서술될 수 있다)로 구분된다.92)

---

92) 각 유형별 정의는 제라르 즈네뜨의 이론(위의 책, 177~179쪽.)을 기본으로 하되 각각 세부적인 설명을 덧붙인 것이다.

연 구 과 제

• 이청준의 「줄광대」(1966)에 나타는 시점 변조 양상을 설명하고 그 서사적 의미를 도출해 보시오.

• 이효석의 「메밀꽃 필 무렵」(1936)과 은희경의 「특별하고도 위대한 연인」(1996)은 모두 전지적 작가 시점을 취하고 있는 작품이다. 이야기의 전달방식, 인물 간의 관계, 인물에 대한 독자의 공감과 정서적 거리의 관점에서 그 변별점을 밝혀 보시오. (2014 중등교원임용경쟁시험 B형 문제 응용)

2. 유·소년 화자와 가치 중립성

어린이가 화자로 설정되어 있는 경우는 일반적으로 화자가 제시하는 정보가 제한적이고, 그의 지식 수준이나 세상사에 대한 이해 정도가 미숙하기 때문에 신뢰도를 떨어뜨린다. 그러나 김승옥은 교양, 지식 같은 기존의 관점에서 벗어나 순수하게 사유하는 어린이라는 '신빙성 없는 화자'의 특성을 적절히 활용하고 있다.

「생명연습」은 대학생 화자인 '나'에 의해서 여수와 피난지에서의 가족사가 회상될 경우, 대학생 화자와 과거의 어린이 '초점화자'는 서로 분리된다. 한편, 「乾」에서는 초점화자인 어린이가 전면에 부각되어 있다. 「염소는 힘이 세다」의 경우도 초점화자인 어린이에 의해서 관찰되고 인식되는 초점 대상이 제시된다.

먼저 「생명연습」의 경우는 어린이의 눈에 의해 비극적 현실(과부가 된 어머니의 불륜과 형의 어머니 살해 음모, 그런 형을 절벽에서 떠밀어 버리는 나와 누나, 형의 자살)을 포착함으로 현실의 괴로움과 비참함을 객관적이고 냉정한 눈으로 제시할 수 있다. 가족 간의 반륜적 행위는 전란 상황을 배경으로 이루어지고 이러한 비극적 상황성은 과거의 어린이의 시각에 의해서 포착된다. 바로 이러한 점 때문에 이들의 반륜적 행위는 선악의 윤리 관념 밖에 존재할 수 있게 된다. 만일 이 작품이 성인 화자에 의해서 전달되거나 이종 이야기의 극화되지 않은 화자의 목소리를 통해서 전달된다면 윤리적 가치판단이 개입할 여지가 많아지게 된다. 그러나 가족 간의 반륜적 행위가 유년 화자에 의해서 전달되기 때문에 그들의 행위는 선악 관념을 떠난 도덕적 진공 상태[93])에 놓일 수 있게 되는 것이다.

한편, 「염소는 힘이 세다」의 경우는 순진무구한 소년을 '초점 화자'로 내세워서 한 가정의 비극적 상황을 효과적으로 드러내고 있다. 귀머거리 할머니, 어머니, 누나, 그리고 어린 '나'가 살고 있는 서울의 어느 가난한 가정에 어느 날 염소의 죽음이 몰고 온 사건들을 어린이의 눈으로 관찰한다.

> 염소는 힘이 세다. 그러나 염소는 오늘 아침에 죽었다. 이제 우리 집에 힘센 것은 하나도 없다.
>
> (염소는 힘이 세다, 1, 243)

> 염소는 힘이 세다. 그러나 염소는 며칠 전에 죽었다. 이제 우리 집에 힘센 것은 하나도 없다. 힘센 것은 모두 우리 집의 밖에

---

93) 조남현, 앞의 책, 257쪽.

있다.

(염소는 힘이 세다, 1, 248)

염소는 힘이 세다. 염소는 죽어서도 힘이 세다. 가마솥 속에서 끓여지는 염소도 힘이 세다. 수염이 시커멓고 살갗이 시커멓고 가슴이 떡 벌어졌고 키가 크고 손이 큰 남자들도 가마솥 속의 염소에게 끌려서 우리 집으로 들어온다. 염소는 우락부락하게 생긴 사람만 일부러 골라서 우리 집으로 끌어들일 만큼 힘이 세다.

(염소는 힘이 세다, 1, 252~253)

염소는 힘이 세다. 죽어버린 염소도 힘이 세다. 앓는 어머니를 소공동 쪽으로 밀어 보낼 만큼 힘이 세다.

(염소는 힘이 세다, 1, 256)

위에서 제시된 인용문들은 유년화자의 초점 대상이 되는 죽은 염소에 대한 진술이다. 어린이의 입에서 나오는 '염소는 힘이 세다'라는 반복적 진술은 가난한 가정의 비극적 상황에 대한 반어적 의미를 전달하기에 충분하다. 예컨대, 세금을 내지 않고 장사를 한다는 이유로 문을 닫게 된 후 어머니는 꽃장사를 위해 다시 소공동으로 나가야했는데, 이를 화자는 "앓는 어머니를 소공동 쪽으로 밀어 보낼 만큼 힘이 세다."라고 진술함으로써, 현실의 비극성을 더욱더 부각시키는 효과를 가져온다. 특히, 염소탕을 먹으러 온 '합승 정거장 사내'에게 '누나'가 강간당하는 것을 목격하는 장면이라든가, 이 사건이 오히려 누나가 버스 안내양으로 취직하게 되는 계기로 작용하는 현실 논리를 순진무구한 소년을 초점화자로 내세워 제시함으로써 가난한 도시 빈민의 비참한 삶의 애환을 반어적으로 환기한다.

3. 동종 이야기 화자의 변용

즈네뜨는 인칭person의 문제에 있어 지금까지 '일인칭 서술' 혹은 '삼인칭 서술'이라는 용어를 적절치 않은 개념으로 파악하고 있다.94) 이에 그는 다음과 같은 서술 형식을 제안한다.

---

94) 1인칭 동사의 존재는 두 가지 다른 상황, 즉 문법적으로는 같지만 서술의 분석에서는 구별되어야 하는 경우를 지칭한다. 예를 들어 서술자가 스스로를 지칭할 때, 즉 버질이 "'나는' 군대와 군사들을 노래하노니……"라고 할 때와 혹은 서술자가 스토리 속의 등장인물 중 한 사람일 때, 즉 크루소가 "'나는' 1632년 요크 시에서 태어났다. ……"라고 쓸 때는 다르다는 것이다. '1인칭 서술'이라는 용어는 이 두 가지 상황 중 후자만을 지칭하는 게 틀림없고 이 불균형은 이 용어의 적절치 못함을 한층 드러낸다. 서술자가 서술에서 그와 같이 언제든지 끼어들 수 있는 한, 모든 서사는 온갖 목적과 의도에도 불구하고 정의상 1인칭으로 제시되는 것이다. 심지어 스탕달이 "'우리'……'우리의' 주인공에 관한 얘기를 막 시작했음을 알립니다."라고 복수형을 쓰는 때에도 마찬가지이다.

1. 서술자가 자신이 이야기하는 스토리 속에 없는 경우: 이종 이
   야기(heterodiegetic)
2. 서술자가 자기가 이야기하는 스토리 속에 하나의 등장 인물로
   존재하는 경우: 동종 이야기(homodiegetic)
   ① 서술자가 자기 서술의 주인공인 경우:
     자동 이야기(autodiegetic)
   ② 서술자가 그저 이차적인 역할에 머무는 경우인데, 거의 언
     제나 관찰자나 목격자의 역할을 한다.[95]

　이상의 분류는 기존 연구에서 1인칭, 3인칭(혹은 전지적
작가) 시점이라고 흔히 구분되던 인칭의 문제를 '서술자
가 스토리와 맺는 관계'를 통해서 새롭게 개념을 규정한 것
이다. 하지만 서사를 이종 이야기heterodiegetic와 동종 이야기
homodiegetic로 구분할 경우, 단순히 화자가 이야기 속에 등장
하는가 등장하지 않는가 하는 점으로 귀결될 수 있다. 이러
한 구분 속에는 초점 화자가 다른 인물이나 대상에 대해서
취하는 '거리감'이나 서술의 '비중'이라는 문제가 간과될 수
있기 때문이다. 따라서 이러한 인칭의 대안적 구분에는 반드

정말 문제가 되는 것은 서술자가 '등장인물들 중 한 사람'에게 1인칭을 부여하는
가 하지 않는가라는 점이다.(제라르 즈네뜨, 앞의 책, 235쪽.)
95) 위의 책, 235쪽.

시 초점화의 개념이 함께 고려되어야 한다.

먼저 「무진기행」은 한 개인의 기억과 자의식이 내밀하게 서술되고 있을 뿐만 아니라 세무서장 '조', 음악선생 '하인숙'은 모두 철저하게 '나'라는 화자의 의식에 의해 중개되는 자동 이야기autodiegetic의 서술 형식을 취하고 있다.

① 여선생은 「목포의 눈물」을 부르고 있었다. (중략) 그 양식은 유행가가 내용으로 하는 청승맞음과는 다른, 좀더 무자비한 청승맞음을 포함하고 있었고 「어떤 개인 날」의 그 절규보다도 훨씬 높은 옥타브의 절규를 호함하고 있었고, 그 양식에는 머리를 풀어헤친 광녀의 냉소가 스며 있었고 무엇보다도 시체가 썩어가는 듯한 무진의 그 냄새가 스며 있었다.

(무진기행, 1, 137)

② "바쁘지 않나?" 내가 물었다. "나야 뭐 하는 일이 있어야지. 높은 자리라는 건 책임진다는 말만 중얼거리고 있으면 되는 모양이지." 그러나 그는 결코 한가하지 않았다. 여러 사람들이 드나들면서 서류에 조의 도장을 받아갔고 더 많은 서류들이 그의 미결함에 쌓여졌다. "월말에다가 토요일이 되어서 좀 바쁘다." 그는 말했다. 그러나 그의 얼굴은 그 바쁜 것을 자랑스럽게 여기고 있었다. 바쁘다. 자랑스러워할 틈도 없이 바쁘다. 그것은 서울에서

의 나였다.

(무진기행, 1, 145~146)

①은 하인숙이 부르는 '목포의 눈물'에 대한 화자의 반응—
그 노래의 양식이 무자비한 청승맞음, 높은 옥타브의 절규,
광녀의 냉소, 시체가 썩어가는 무진의 냄새를 내포하고 있음
—을 서술하고 있고, ②는 바쁘다며 거드름을 피우는 세무서
장 '조'에 대한 화자의 반응—'조'가 바쁜 것을 자랑스럽게
여기고 있을 뿐만 아니라 그것이 서울에서 자신의 모습임—
을 진술하고 있다. 이처럼 서술자의 시선에 의해 외부의 인물
이 포착되고 이를 화자의 자의식의 토대 위에서 진술하고 있
다는 것을 알 수 있다. 따라서 「무진기행」은 철저하게 내적
초점화의 서술상의 규율을 따르고 있으며 이는 개인의 모순
된 내면 심리를 그려내는 데 적합만 서술방법이기 때문이다.

한편, 「서울 1964년 겨울」에는 구청 병사계 직원인 '나'와
대학원생 '안', 그리고 아내의 시체를 병원에 팔아버린 월부
서적 판매원 '사내'가 등장한다. 물론 이 작품도 동종 이야기
이지만, 화자가 곧 주인공인 자동 이야기가 아니라 화자를
포함한 '안'과 '사내' 모두가 동일한 비중으로 서술된다는 데
특징이 있다. 죽은 아내를 병원에 팔았다는 사내가 이들에게
함께 있어줄 것을 요구하면서 사건이 본격적으로 진행된다고

했을 때, 작품에서 가장 비중이 큰 인물은 '사내'라고 보는 것이 오히려 타당하다고 말할 수도 있다.

이 작품은 '나'라는 인물의 의식을 통해 초점이 맞추어져 있을(내적 초점화) 뿐만 아니라 그 초점이 한 사람에게 고정된(고정 초점화)에 의해서 서술된다. 하지만 화자는 '안'과 '사내'와 등가적 관계를 맺고 있다. '안'과 '사내'는 모두 개별적으로 존재하고 있는 것이지, '나'의 의식에 의해 재해석되어 형상화되는 인물이 아니다. 우선 이들은 모두 각자의 이유로 밤거리에 나왔다. '나'의 경우는 하숙방에 들어앉아서 벽이나 쳐다보고 있는 것보다 낫기 때문에, '안'의 경우는 밤거리에 나오면 뭔가 좀 풍부해지는 느낌이 들기 때문에, '사내'는 아내의 시체를 판 돈을 써버리기 위해서이다.

또한 이들의 대화도 모두 자기 세계 속에서만 의미 있는 것일 뿐 타인의 공감을 필요로 하는 것이 아니다. 이 점은 다음의 '나'와 '안'의 대화에서 분명하게 드러난다. ① 평화시장 앞에 줄지어 선 가로등들 중에서 동쪽으로부터 여덟 번째 등은 불이 들어오지 않는다거나, ② 화신백화점 육층의 창들 중에서는 그 중 세 개에서만 불빛이 나오고 있다거나, ③ 서대문 버스정거장에는 사람이 서른두 명 있는데 그 중 여자가 열일곱 명이었고, 어린애는 다섯 명 젊은이는 스물한 명 노인이 여섯 명이었다거나, ④ 단성사 옆 골목의 첫 번째 쓰레기통에는 초콜릿 포장지가 두 장 있다거나, ⑤ 적십자병원 정문 앞에 있는 호두나무의 가지 하나는 부러졌다거나, ⑥ 을지로 삼가에 있는 간판 없는 한 술집에는 미자라는 이름을 가진 색시가 다섯 명이 있다거나, ⑦ 그 중에서 큰미자와 하루 저녁 같이 잤는데 그녀가 빤쯔를 하나 사주었고, 그녀가 저금통으로 사용하고 있는 빈 병에는 돈이 백십원 들어 있었다거나, ⑧ 영보빌딩 안에 있는 변소문의 손잡이 조금 밑에는 약 이 센티미터 가량의 손톱자국이 있다거나 하는 모든 진술은 경험한 자만이 알 수 있는 것이며 상대방에게는 무의미한 것이다.

이 작품에서 내적 초점화라는 주관적 시선의 한계를 벗어나려 했다는 사실은 대부분의 경우 서술상의 주어가 '나'가 아닌 '우리'가 사용되고 있다는 데서 그 증거를 찾을 수 있다. 사내가 월부 책값을 받으러 간 장면을 떠올려 보자.

"밤 늦게 죄송합니다." 사내가 대문을 향해 고개를 숙이며 말했다.

"누구시죠?" 대문은 잠에 취한 여자의 음성을 냈다.

"죄송합니다. 이렇게 너무 늦게 찾아와서 실은……."

"누구시죠? 술 취하신 것 같은데……."

"월부 책값 받으러 온 사람입니다."

하고, 사내는 비명 같은 높은 소리로 외쳤다.

"월부 책값 받으러 온 사람입니다." 이번엔 사내는 문기둥에

두 손을 짚고 앞으로 뻗은 자기 팔 위에 얼굴을 파묻으며 울음을 터뜨렸다. "월부 책값 받으러 온 사람입니다. 월부 책값……."사내는 계속해서 흐느꼈다.

"내일 낮에 오세요." 대문이 탕 닫혔다.

사내는 계속해서 울고 있었다. 사내는 가끔 '여보'라고 중얼거리며 오랫동안 울고 있었다. 우리는 여전히 열 발짝쯤 떨어진 곳에서 그가 울음을 그치기를 기다리고 있었다. 한참 후에 그가 우리 앞으로 비틀비틀 걸어왔다. 우리는 모두 고개를 숙이고 어두운 골목길을 걸어서 거리로 나왔다. 적막한 거리에는 찬바람이 세차게 불고 있었다.

"몹시 춥군요"라고 사내는 우리를 염려한다는 음성으로 말했다.

"추운데요. 빨리 여관으로 갑시다." 안이 말했다.

(서울 1964년 겨울, 1, 221~222, 강조 – 인용자)

위 인용문에서 주어는 '나'가 단 한 번도 사용되지 않고, '사내', '우리', '안'으로 제시되고 있음을 확인할 수 있다. 서술의 주체가 '나'가 아니라는 것은 '나'가 다른 이들과 동등한 자격으로 작품 내에 존재한다는 의미이다. 여기서 아내의 시체를 병원에 팔아버린 한 사내가 늦은 밤 월부 책값을 받으려 고집스럽게 행동하며 울부짖는 장면에서 화자인 '나'와 '안'은 어느 자리에 있는가. '안'과 '나'는 "열 발짝쯤 떨어진 곳"에서 사내를 단지 바라보고 있을 뿐이다. 이때 사내의 행동은 화자의 시선에 의해 윤색되지 않고 철저하게 객관적으로 그려지고 있다. 한 인물의 발언이나 행위가 그려질 때 다른 인물들은 냉정한 목격자로 바깥에 존재함으로써 인물 간의 거리를 산출하고 있다. 서사의 형식상의 조건은 분명 내적 초점화에 의해 서술되고 있지만, 이처럼 목격자의 시점으로 서술되는 외적 초점화를 병용함으로써 개별화되고 단자화된 존재의 상황성을 효과적으로 부조하고 있다.

연 구 과 제

• 윤흥길의 「장마」(1973)와 오정희의 「유년의 뜰」(1981)
  에서 동종 이야기 화자의 선택의 의미와 유년화자라는
  '신빙성 없는 화자' 설정의 서사적 의미에 대하여 설명
  하시오.

제5장 소설 언어와 문체

제5장 소설 언어와 문체

1. 문체의 개념

"문체style는 곧 사람이다Le style cést l'homme même."라는 뷰퐁 Comte de Buffon의 말은 작가의 정신과 개성의 발로가 곧 문체라는 뜻이다. 이는 말을 일종의 사상의 옷 혹은 용기用器로 보는 이분법을 폐기할 것을 요구한다. 이는 낭만주의 출현과 함께 문체를 작가의 개성으로 받아들이기 시작하면서 얻어진 인식이다. 더 나아가 이러한 문체에의 눈뜸은 문학의 자율성에 대한 인식에도 기여96)했다고 할 수 있다.

---

96) 우한용, 「소설 문체론의 방법 탐구를 위한 물음들」, 『현대소설연구』 33집, 한국현대소설학회, 2007, 7~8쪽 참고.

이러한 문체는 어휘의 선택에 해당하는 어법diction·비유적 심상의 활용과 연관된 이미저리imagery·문장의 구성 방식과 변형에 관계되는 구문syntax을 그 구성 요소로 한다. 문제는 공통적인 문체common style가 아닌 개성적인 문체individual style를 어떻게 구현할 것인가이다. 랑그langue에 기초하되 파롤parole이라는 발화의 결정체가 문학이라면 문체에 대한 탐구는 작가 고유의 개성을 찾는 하나의 방법이다.

현대문체론에서는 변형생성 언어이론으로부터 심층구조와 표면구조를 도입하였는데, 동일한 문장이라도 거기에 적용한 변형규칙에 따라 겉으로 표출된 문장이 달라진다고 본다. 문체론에서 어떤 변형규칙을 사용했는가를 분석하면 전경화foregrounding되어 있는 표면구조가 드러난다. 현대문체론에서는 전경화된 요소들을 구체적인 문장들에서 실증적으로 추출해 글버릇의 유형을 구별한다.97) 요컨대, "소설문체는 소설이라는 구체적 텍스트에 일관성을 부여하는 언어적 속성과 운용 방법의 총체"98)라고 정의할 수 있을 것이다.

우리나라에서는 문체의 종류를 이태준의 『문장강화』 이래로 간결체-만연체, 강건체-우유체, 화려체-건조체로 구분해

---

97) 이상섭, 『문학비평용어사전』, 민음사, 1994, 74~75쪽.
98) 미하일 바흐젠, 박종소 외 옮김, 『말의 미학』, 솔, 2006, 395쪽.

왔다. 이러한 문체 유형은 그 구분의 의미 유무를 떠나 현대의 다양한 문체가 이러한 단순한 유형에 수렴되지 않는다는 데 문제가 있다. 문체는 사실상 객관적으로 존재하기보다 독자의 심리 내면에 하나의 심리문체mind style99)로 형성된다고 할 때, 텍스트의 언어적 자질을 드러내는 요소라고 할 수 있는 문체지표style marker 혹은 문체소stylisticum100)를 찾아내는 것이 곧 문체론의 핵심적 요건임을 알 수 있다.

문체론 연구가 성숙하지 못한 단계에서는 과학주의를 빙자하여 통계학적 방법이 빈번하게 활용되기도 했다. 이런 계량 문체론은 특정 부사나 형용사, 특정 색체어, 종결법 등의 사용 빈도를 조사하여 그 특징을 기술하는 것이다. 하지만 이는 유기체로서의 문학을, 더 아나가 이를 창조한 고유한 인간 정신을 초보적인 산술로 조각내는 것이라고 할 것이다. 문체론을 구성하는 인자들은 작품 안에서만 의미를 갖는 것이지 따로따로 떼어내어 계량할 수 있는 대상이 아니다. 문체론은 작품의 내적 구조와 언어적 질서의 특징을 구명하되 궁극적으로는 작품을 둘러싸고 있는 사회적 컨텍스트 안에서 변증되어야 한다. 다음에 제시되는 김승옥 소설의 문체 분석은

---

99) Leech, Geoffrey N. Short, Michael H., *Style in Fiction*, Longmangroup limited, 1981.

100) 김상태, 『문체의 이론과 해석』, 새문사, 1982, 45쪽.

이를 위한 하나의 본보기가 될 것이다.

2. 통사 구조의 특성

김승옥 소설의 문체상의 특성은 선행 연구자들에게도 중요한 문제로 인식되었다. 문체론적인 변형은 변형문법transformational grammar과 친연성을 갖는데101) 이는 통사규칙의 활용(접속, 내포)에 의하여 개성적인 문체를 창출하게 된다는 것을 말한다. 특히 김현은 김승옥의 소설의 문체가 중문과 복문의 교묘한 배합, 청각적 이미지와 시각적 이미지의 교합 등으로 서구적인 냄새를 풍기면서도 번역투 같지 아니한 교묘한 문체를 내보인다102)고 언급하였다. 즉, 그의 소설의 문체론적 특성은 독특한 통사구조와 다양한 이미지의 활용을 통해서 드러나고 있다는 것이다. 우선, 본 절에서는 통사론적인 관점에서 그의 소설에 나타나는 문장이 드러내는 효과와 의미에 대하여 논하기로 한다.

---

101) Roland Barthes, "Style and Its image", Seymour Chatman(Edited and in part translated), *Literary Style: A symposium*, London: Oxford university press, 1971, p.10.
102) 김현, 앞의 책, 389~390쪽.

1) 겹문장의 활용과 인식의 복합성

김승옥의 소설에 나타나는 문장의 특성을 고찰하기 위해, 먼저 문법적인 측면에서 학교 문법에서 다루어지는 문장의 갈래를 먼저 검토하고 논지를 전개하도록 한다. 학교 문법에서 문장의 종류는 '홑문장'과 '겹문장'으로 나누어지는 바, 그 하위 분류는 각주의 설명과 같다.103)

김승옥의 소설의 문장 구조를 이러한 분류 기준을 통하여 본다면, 겹문장 중에서도 '대등하게 이어진 문장'이 빈번하게 사용되고 있음을 확인할 수 있다. 문제는 이와 같은 문장이 드러내는 미적 효과를 찾아내고 이것을 다시 미적 근대성의 차원에서 의미를 부여하는 데 모아진다. 다음의 인용문을 통하여 이러한 문장들이 갖는 미학적 효과에 대하여 살펴보기로 한다.

첫째, 이러한 문장은 상황에 대한 정교하고 세밀한 묘사에 효과적이다.

---

103) 문장은 주어와 서술어의 관계가 한 번만 이루어지는 '홑문장'과 한 번 이상 이루어지는 '겹문장'으로 나누어진다. '겹문장'은 '안김과 안음'과 '이어진 문장'으로 구분된다. '안김과 안음'은 그 절의 종류에 따라서 '명사절로 안김', '서술절로 안김', '관형절로 안김', '부사절로 안김', '인용절로 안김'으로 나뉜다. '이어진 문장'은 연결어미에 의해서 이어진 두 절 사이의 관계에 따라 '대등하게 이어지거나 종속적으로 이어짐'으로 구분된다.(남기심·고영근, 『표준 국어문법론』(개정판), 탑출판사, 1993, 374~403쪽.)

[S11964년 겨울을 서울에서 지냈던 사람이라면 누구나 알 수 있겠지만], [S2밤이 되면 거리에 나타나는 선술집]─[S3오뎅과 군 참새와 세 가지 종류의 술 등을 팔고 있고], [S4얼어붙은 거리를 휩쓸며 부는 차가운 바람이 펄럭거리게 하는 포장을 들치고 안으로 들어서게 되어 있고], [S5그 안에 들어서면 카바이트 불의 길 쭉한 불꽃이 바람에 흔들리고 있고], [S6염색한 군용(軍用) 잠바를 입고 있는 중년사내가 술을 따르고 안주를 구워주고 있는] 그 러한 선술집에서, [S7그날 밤, 우리 세 사람은 우연히 만났다.]

(서울 1964년 겨울, 1, 202, [Sn] - 인용자)

위의 인용문은 1964년 서울 시내의 어느 선술집의 풍경을 묘사하고 있다. 그런데 이 문장의 구조를 살펴보면 모두가 대등적 연결어미에 의해서 연속적으로 절을 배치하고 있다는 점을 알 수 있다. 즉, S1과 S2는 '~만', S3부터 S6까지의 문장은 '~고'에 의해서 이어지고 있다. 이어 '그러한'이라는 관형어로 된 지시어가 S3에서 S6까지의 문장을 받아 선술집을 수식하고 이에 '~에서'라는 처소격 조사가 붙어 S7의 (그날 밤, 우리 세 사람은 우연히) '만났다'는 서술어와 결합되고 있다. 이러한 서술을 하나의 문장 안에서 소화하고 있는 것은 단문으로 진술되는 일반적인 경우와는 미학적 차원에서 다른 느낌을 준다. 그것은 상황이나 정서를 병렬적으로 제시하여 부분들의 집합을 통한 전체 인식이라는 미적 효과를 거둔다.

둘째, 이러한 문장은 대상에 대한 정서적 반응을 복합적으로 로 구성할 수 있다.

[S1그 양식은 유행가가 내용으로 하는 청승맞음과는 다른, 좀 더 무자비한 청승맞음을 포함하고 있었고] [S2「어떤 개인 날」의 그 절규보다도 훨씬 높은 옥타브의 절규를 포함하고 있었고], [S3 그 양식에는 머리를 풀어헤친 광녀(狂女)의 냉소가 스며 있었고] [S4무엇보다도 시체가 썩어가는 듯한 무진의 그 냄새가 스며 있 었다.]

(무진기행, 1, 137, [Sn]-인용자)

위의 문장은 주어 "그 양식은"에 모두 네 개의 서술어가 결합되어 있는데, S1부터 S4까지의 문장이 대등적으로 이어 진 문장이다. 이러한 문장 구조 속에서 '하인숙'이 부른 '목포 의 눈물'에 대한 '나'의 정서적 반응은 복합성을 띨 수 있다. 즉, ① 일상적인 청승맞음과는 다른, 무자비한 청승맞음을 포 함하고 있음, ② 어떤 개인 날보다도 높은 옥타브의 절규를 포함하고 있음, ③ 광녀의 냉소가 스며 있음, ④ 썩어가는 무 진의 냄새가 스며 있음이라는 모두 네 가지의 정서적 반응이 복합적으로 제시된다. 이러한 대등적으로 이어진 문장에 의

한 정서의 병렬적 제시는 독자로 하여금 서술자가 제시하는 정서적 흐름에 총체적으로 진입하게 한다. 또한 이러한 진술은 ①의 진술을 통해 나타난 정서적 울림과 동시에 ②가 제시되고, 또 이것이 가지는 울림과 동시에 ③이 제시되는 방식으로 감정상의 복합적 울림을 주도록 고안된 것이라고 볼 수 있다.

셋째, 이러한 문장은 상황의 의미를 순간적으로 반전하여 전체적으로 역설적 의미를 획득하기 위한 방법으로 활용되기도 한다.

> 그곳은 지옥이었고, 형은 지옥을 지키는 마귀였다. [S1마귀는 그곳에서 끊임없이 무엇을 계획하고] [S2계획은 전쟁이었고] [S3 전쟁은 승리처럼 보이나] [S4실은 패배인 결과로서 끝났고] [S5 지쳐 피를 토해냈고]—[S6마귀의 상대자는 물론 어머니였고] [S7 어머니는 눈에 불을 켠 채 이겼고] [S8이겼으나] [S9복종했다.]
>
> (생명연습, 1, 32, [Sn] – 인용자)

'형은 어머니를 상대로 전쟁을 계획했으나 실패했고, 어머니는 이겼지만 복종했다'는 진술로 요약될 수 있는 이 문장은, S1부터 S9까지가 모두 대등적 연결 어미 '~고', '~나'에 의해서 중첩적으로 제시되면서 독자로 하여금 진술 상호간의 정

서적 이질감을 증폭시키고, 종국적으로 역설적 의미를 재구

하게 한다.

넷째, 이질적인 장면을 대등적으로 연결함으로써 고립적

이고 개별적인 존재의 모습을 문체적인 측면에서 수용한다.

[S1중국집에서 거리로 나왔을 때는 우리는 모두 취해 있었고],
[S2돈은 천원이 없어졌고] [S3사내는 한쪽 눈으로는 울고 다른
쪽 눈으로는 웃고 있었고], [S4안은 도망갈 궁리를 하기에도 지쳐
버렸다고 내게 말하고 있었고], [S5나는 "악센트 찍는 문제를 모두
틀려버렸단 말야, 악센트 말야"라고 중얼거리고 있었고], [S6거리
는 영화 광고에서 본 식민지의 거리처럼 춥고 한산했고], [S7그러
나 여전히 소주 광고는 부지런히], [S8약 광고는 게으름을 피우며
반짝이고 있었고], [S9전봇대의 아가씨는 '그저 그래요'라고 웃고
있었다.]

(서울 1964년 겨울, 1, 215, [Sn] – 인용자)

위의 문장은 ① 우리 모두가 취해 있었음, ② 천원이 없어졌
음, ③ 사내는 한 쪽 눈으로 울고, 다른 쪽으로는 웃고 있었음,
④ 안은 도망갈 궁리를 하기에도 지쳐버렸다고 말했음, ⑤ 나
는 악센트 찍는 문제를 모두 틀려버렸다고 중얼거렸음, ⑥
거리는 식민지 거리처럼 춥고 한산했음, ⑦ 소주 광고는 부지

런히 반짝이고 있었음, ⑧ 약 광고는 게으름을 피우며 반짝이고 있었음, ⑨ 전봇대의 아가씨는 '그저 그래요'라고 웃고 있었음과 같은 9개의 진술은 각각 독립적인 의미를 가지고 있다고 볼 수 있다. 왜냐하면, 첫 번째 진술에서 우리가 모두 취해 있었다는 사실과 두 번째 진술에서 천 원이 없어졌다는 사실은 긴밀한 의미관계가 없기 때문이다. 그 이하의 진술에서도 세 번째 사내의 표정과 네 번째 안이 도망갈 궁리를 하기에도 지쳐버렸다고 내게 말하고 있었다는 진술과 다섯 번째 악센트 찍는 문제를 모두 틀려버렸다는 것과 여섯 번째 거리가 춥고 한산했다는 것과 일곱 번째 부지런히 반짝이는 소주 광고와 여덟 번째 게으름을 피우며 반짝이는 약 광고와 아홉 번째 전봇대 광고의 아가씨는 모두 논리적인 관련성이 없는 이질적 장면의 병치라고 볼 수 있는 것이다. 이와 같은 이질적 장면의 병치는 소설 「서울 1964년 겨울」에서 중심적으로 다루고 있는 도시적 공간에서 경험하는 인물들의 소외의 양상을 문체style적인 측면에서 함의하고 있다고 할 수 있다. 왜냐하면, 여기서 진술하는 모든 상황은 모두가 인과관계가 단절된 개별적이고 불소통적인 관계에 놓여 있기 때문이다.

2) 어절의 확장과 일탈적 언술

김승옥의 소설에 나타나는 서술방식으로 두드러진 것 중에 하나가 어절이 유연하게 확장된다는 점이다. 특히 관형절이나 목적어가 유연하게 확장되는 것이 그 특징이다.

다락 방 밑의 판잣방에 담요를 깔고 우리 식구가 거처했고, 온돌방은 [어머니처럼 생선이나 조개 따위의 해물을 새벽에 열리는 경매시장에서 양동이에 받아가지고 첫 기차를 타고 순천 (順天)이나 구례(求禮)방면의 장이 서는 고장을 찾아가서 팔고는 막차로 돌아와서 다음날 새벽을 기다리는 것이 생활인] 생선장수 아주머니들의 하숙방으로 내주고 있었다.

(생명연습, 1, 30~31, [ ]-인용자)

위의 인용문에서 "어머니처럼~생활인"까지의 어절은 '생선장수 아주머니'를 수식하는 관형절이다. 일반적으로 관형절이 이처럼 길어지는 것은 좋은 문장의 형태로 볼 수 없고, 오히려 두 개의 문장으로 나누어 서술하는 쪽을 택하는 것이 좋을 것이다. 즉, "판잣방에는 우리 식구가 거처했고, 온돌방은 생선 장수 아주머니들의 하숙방으로 내주고 있었다. 그런데 그 생선장수 아주머니는~"식의 문장이 더 자연스러운 것이다. 왜냐하면, 관형절이 길어지면 문장의 수식 관계나 호응이 어색할 수 있으며, 문장의 호흡에도 문제가 될 수 있다. 그런데 이러한 예는 김승옥의 소설에서 빈번하게 나타난다.

여기에 예시한 문장은 우리 집에 살고 있는 사람들의 주거 공간에 대한 이야기인데, 이 문장 속에서 세 들어 사는 아주머니들의 삶을 이야기하고 있다. 아주머니들의 일상적인 삶을 한 문장 속에 장황하게 서술하는 태도는 일종의 삽입 서사[104]의 성격을 띠는데, 현재의 중요 서술 포인트에서 어긋나는 일종의 전경화된 부분이라고 볼 수 있다. 따라서 이것은 표준적인 서술 규칙에서 의도적으로 벗어난 경우이며, 이것은 독자로 하여금 텍스트의 해독을 부자연스럽게 하는 등 텍스트의 기만성deception[105]을 증대시키는 요인으로 볼 수 있다. 또한 이러한 미적 효과는 언어의 경제성의 측면에서 보았을 때, '탈경제성'의 특성을 지닌다. 그것은 생선 장수 아주머니들의 하숙방에 대한 인식을 지연시키면서 해독을 어렵게 하고 있기 때문이다.

관형절이 확장되는 것은 위에서 살펴본 것과 같이 의미 해독을 지연시키는 효과 외에 관형절 자체 의미를 강조하기

---

104) 제럴드 프랭스, 최상규 옮김, 『서사학: 서사물의 형식과 기능』, 문학과지성사, 1998, 47쪽.
105) 위의 책, 207쪽.

위해 사용되기도 한다.

> [미소를 침묵으로 바꾸어놓는, 만족을 불만족으로 바꾸어놓
> 는, 나를 남으로 바꾸어놓는, 요컨대 우리가 만족해 있던 것을
> 그 반대로 치환(置換)시켜버리는] 세계였던 것인가. 누이는 적어
> 도 우리가 보낼 때에는, 훈련을 받기 위해서 그곳에 간 것이 아니
> 라 완성되기 위해서 간 것이었다.
>
> (누이를 이해하기 위하여, 1, 102, [ ] - 인용자)

위의 인용문에서도 "미소~바꾸어놓는", "만족을~바꾸어
놓는", "나를~바꾸어 놓는", "우리가~치환시켜버리는"의 4개
의 절은 모두 '세계'를 수식하는 관형절이다. 그런데 여기서는
관형절이 절 속에서 확장된 것이라기보다는 독립적인 4개의
절이 중첩되어 서술되고 있는 형태이다. 이와 같은 서술은
서술자가 바라보는 세계의 의미를 강조해 주는 효과를 얻는
다고 볼 수 있다. 이 문장 역시 장황하게 늘어난 관형절을
서술절로 삼아 다시 서술하면 안정적인 문장 형식을 얻을 수
있다. 그러나 문장을 이렇게 처리하지 않고 독립적인 4개의
관형절을 연속적으로 늘어놓고, 마지막 네 번째 관형절에서
이들을 "요컨대~"로 요약하여 주며 '세계'라는 체언을 수식하
는 구조를 가지는 것은 관형절의 의미(세계의 기만성)를 강조

하기 위해서라고 볼 수 있다.

　　그러나 상처가 남는다고, 나는 고개를 저었다. 오랫동안 우리
는 다투었다. 그래서 전보와 나는 타협안을 만들었다. 한 번만,
마지막으로 한 번만 이 무진을, 안개를, 외롭게 미쳐가는 것을, 유행가
를, 술집 여자의 자살을, 배반을, 무책임을 긍정하기로 하자. 마지막
으로 한 번 만이다.

(무진기행, 1, 152, 강조 – 인용자)

　　위의 예시문에서 보는 바와 같이 강조된 문장의 목적어가
반복되고 있음을 알 수 있다. 이러한 문장이 나타내는 효과는
다음과 같다. 첫째, 「무진 기행」의 서사 과정의 은유적 의미를
담고 있다. 즉, 무진의 '안개'로 시작된 이야기는, 한 때 내가
청년시절에 외롭게 미쳐갔던 일과 음악선생 '하인숙'이 불렀
던 '목포의 눈물'과 술집 여자의 자살과, 내가 '하인숙'과의
약속을 배반한 것과 그것이 가지는 무책임성이라는 서사 과
정을 모두 요약하면서 중요 서술 포인트를 환기하고 있다.
　　한편, 이와 같은 문장은 서술 방식에 있어 운율적 효과를
거둔다. 일반적으로 시에서 말하는 운율적 요소는 서사물에
서도 가능하다. 산문의 리듬에 대해서 미카엘 리파테르^{Michael}
^{Riffaterre}는 두 개의 다른 관점, 즉 微單位 리듬^{micro-rhythm}과 巨單

位 리듬macro-rhythm을 구분하였다. 미단위 리듬은 대략 문장 sentence 내의 리듬으로서 대체로 운율이라고 보아도 좋다. 거단위 리듬에 속하는 것으로 단락paragraph이 있는데, 이는 문장을 단위로 한 청각적, 시각적, 조리적 리듬의 흐름이 단락 속에서 뭉뚱그려지면 그것이 단위가 되어 글 전체와 유기적인 관계 속의 일원이 된다는 의미이다. 이는 구조주의 이론에서 보는 전체와 부분의 관계와 같다.106) 그러므로 이러한 서술의 운율적 자질은 문체와 밀접하게 연관되면서 소설 텍스트를 읽는데, 독특한 미감으로 작용한다.

영이는 지금 어디쯤 갔을까? 그 여자는 지금 꽤 낙심해 있을 거다. 세상에서 가장 나쁜 초조감은 무엇을, 누군가를 기다릴 때 생기는 초조감이다. 기다린다. 멋있는 웃음을, 사람들의 박수를, 뜨거운 포옹을, 밥을, 당선 통지서를, 시장의 칭찬을, 수(秀)를, 이쁜 아들을, 죽음을, 아침이 되기를 또는 밤이 되기를, 바다를, 용기를, 도통하기를, 엿장수를, 성교(性交)를, 분뇨차를, 완쾌를…… 그러나 결국 환멸을 기다린 셈이 아닐까?

(확인해본 열다섯 개의 고정관념, 1, 122, 강조 - 인용자)

---

106) 김상태, 앞의 책, 90~97쪽.

여기서 살펴보고자 하는 것은 미단위 리듬인데, 위 문장의 경우 목적어를 계속 늘어놓으면서 운율을 획득하고 있다. 특히 '기다린다'는 서술어와 뒤에 이어지는 목적어들을 배치하여 전체적으로 도치문의 형태를 이루고 있다. 이러한 대등적으로 이어진 목적어들은 모두 각운의 효과를 주면서 운율을 형성하게 되는 것이다. 이와 같은 관점에서 앞에서 언급한 대등하게 이어진 문장의 중첩적인 배열도 운율적 효과를 거두고 있다고 볼 수 있다.

지금까지 논의한 겹문장의 활용과 어절의 확장을 통해 서술되는 장문長文은 정상적인 문장의 길이와 배열원칙에 위배되는 일탈적 언술이다. 이러한 정문正文에서 벗어난 문장의 의도적 사용은 형식주의자들이 말하는 '낯설게 하기'[107]의 한 방식으로 이해할 수 있다. 자동화된 산문어의 진술 방식을 의도적으로 장형화長型化하여 일탈적인 효과를 거두고 있는 것이다.

---

107) 예술에 대한 우리의 지각은 자동화automatization되어 있기 때문에 이와 같은 지각 작용을 방해하거나 최소한 그 방해의 기법에 주의를 쏟게 하는 기술을 다양하게 발전시킨다.(빅토르 쉬클로프스키, 한기찬 옮김, 「기술로서의 예술」, 『신비평과 형식주의』, 고려원, 1991, 167쪽.)

3) 의문문의 활용과 심리 표출

일반적으로 의문문은 의문형 종결 어미에 의해서 실현되는데, '판정 의문문', '설명 의문문', '수사 의문문'으로 나누어진다.[108] 김승옥의 소설에는 이와 같은 의문형 종결어미에 의한 의문문이 다량 나타나는데, 문제는 이러한 문장이 소설 속에서 어떤 기능을 하는가에 모아진다.

그의 소설의 진술은 대화의 부분을 제외하고, 서술자의 진술이 이루어지는 이른바 '말하기telling' 부분에서 나타나는 의문문은 '설명 의문문'이나 '수사 의문문'의 형태로 이루어진다. '설명 의문문'도 문법적으로만 그러할 뿐, '수사 의문문'의 일환으로 이루어지는 것들이 대부분이다. 이러한 전제 하에 그의 소설에 나타나는 의문형의 진술이 가지는 효과에 대하여 알아보기로 한다.

첫째, 판단 유보 혹은 내면적 정황의 혼란을 나타내기 위하여 사용된다.

---

108) 청자가 '예'나 '아니오'로 대답하기를 요구하는 의문문을 '판정 의문문'이라고 하며, 의문사 '누구, 무엇, 어디' 등을 사용하여 구체적인 정보의 설명을 요구하는 의문문을 '설명 의문문'이라고 하며, 형태는 의문문이면서 의미상으로는 의문문이 아닌 의문문을 '수사 의문문'이라고 한다.(이주행, 『현대국어문법론』, 대한교과서주식회사, 1992, 184쪽.)

개구리 울음소리가 반짝이는 별들이라고 느낀 나의 감각은 왜 그렇게 뒤죽박죽이었을까. 그렇지만 밤하늘에서 쏟아질 듯이 반짝이고 있는 별들을 보고 개구리의 울음소리가 귀에 들려오는 듯했었던 것은 아니다. 별들을 보고 있으면 나는 나와 어느 별과 그리고 그 별과 또 다른 별들 사이의 안타까운 거리가, 과학책에서 배운 바로써가 아니라, 마치 나의 눈이 점점 정확해져가고 있는 듯이 나의 시력에 뚜렷이 보여오는 것이었다. 나는 그 도달할 길 없는 거리를 보는 데 홀려서 멍하니 서 있다가 그 순간 속에서 그대로 가슴이 터져버리는 것 같았었다. 왜 그렇게 못 견디어했을까. 별이 무수히 반짝이는 밤하늘을 보고 있던 옛날 나는 왜 그렇게 분해서 못 견디어 했을까.

(무진기행, 1, 140, 강조 – 인용자)

위의 인용문에서 강조된 부분은 모두 의문문의 형태를 취하고 있다. 그런데 모두 '왜'라는 의문사를 동반하여 구체적인 설명을 요구하는 '설명 의문문'의 형태를 취하고 있다. 그런데 이것을 내용적인 측면에서 보면, 모두가 '수사 의문문'의 일환으로 구사되고 있는 진술이다. 말하자면, 서술자는 이에 대하여 구체적인 설명을 하기 위한 것이 아니라 수사적인 차원에서 위와 같은 의문문 형태의 진술을 하고 있는 것이다. 이러한 진술은 서술자인 '나'의 내적인 혼란상을 표현하는 역할을 한다고 볼 수 있다. 다시 말해서 자신의 심리적 상황에 대하여 판단을 유보하거나 불투명한 심리적 정황임을 강조하기 위한 것이다.

둘째, 이러한 의문형의 진술은 인물의 내면적 정황을 토로 하는 기능을 갖는다.

누구냐? 네 입을 빌려서 떠들고 있는 놈. 그따위 말로 널 유혹 했단 말이지? 그 따위 말로 내 자리를 빼앗았단 말이지? 여자의 자물쇠는 그따위 말로 열린단 말이지? 열리자마자 문 안으로 정 액을 쏟아넣어 그 말을 네 자궁 속에 단단히 풀칠해놓았단 말이 지? 우린 이제 모두 죽게 될 테니까, 하며 슬픈 얼굴을 짓고 사내 들이 다가오면 네 문은 스스로 열린단 말이지? 누구냐? 이름을 대란 말야. 네 주둥아리를 통해서 말하고 있는 그 놈. 아직도 네 자궁 속에 살아서 까불어대고 있는 놈. 개 같은 욕망에 시대의 구실을 붙여 널 유혹한 놈.

(서울의 달빛 0장, 1, 300~301쪽)

위의 인용문에서 의문문은 대답을 요구하는 의문문이라기 보다는 인물의 내면적 갈등을 토로하는 진술로 보는 것이 타 당하다. 이것이 평서문의 형태로 평이하게 제시된다면, 번민 하는 주인공의 내면적 정황을 이처럼 효과적으로 전달하지 못할 것이기 때문이다.

이상에서 논의한 바와 같이, 대등적 연결 어미에 의해서 중첩되는 문장이나 관형절과 목적어가 유연하게 확장되는 문장, 마지막으로 내면 정황을 토로하기 위한 의문문 등의 활용과 그 기능상의 문제를 토대로 이러한 통사구조가 갖는 미적 의미를 미적 근대성의 문제와 결부시키면 다음과 같은 의미를 부여할 수 있다.

첫째, 어절의 중첩과 유연한 확장과 같은 통사적 특성을 보이는 문장은 선행적으로 부여된 제도나 통제적 인식에서 벗어나려는 미의식을 반영한다. 이와 같은 장문長文은 정상적인 문장의 길이와 배열원칙에 위배되는 일탈적 언술이다. 따라서 어절의 중첩과 유연한 확장과 같은 통사적 특성을 보이는 문장은 표준 문법이 함의하는 제도로부터의 일탈을 의미하며 이는 근대적 제도성과 합리성에 대한 미학적 반동으로서 의미를 지닌다.

둘째, 이러한 문장은 개인의 자의식을 형상화하는 데 기여한다. 대등적 연결 어미에 의해서 구성되는 다양한 의미자질, 관형절이나 목적어에 의해서 전경화된 진술, 그리고 의문문에 의해서 토로되는 주체의 의식은 상황과 정서의 집중적 서술에 용이하다. 따라서 이러한 문장은 현실에 대한 객관적 서술보다는 자기 인식적 서술을 드러낸다는 점에서 주관적

미의식을 강하게 표출한다고 할 수 있다.

셋째, 이러한 문장은 산문어에 운율적 자질을 부여함으로써 시적 언어의 형식적 특질을 산문어에 적용했다고 볼 수 있다. 이러한 미단위 리듬의 형성은 그의 소설이 단순한 서사물이 아니라 각각의 어휘와 문장이 음운론적으로 혹은 의미론적으로 서로 관계 맺고 있는 심미적 언어 예술임을 드러내는 것이라 할 수 있다.

3. 이미저리 구조와 심미성

김승옥의 소설은 이미지의 활용이 돋보인다. 그런데 그가 사용하는 이미지 제시 구문은 몇 개의 이미지가 연결되어 이미지의 다발, 즉 이미저리를 형성한다. 그가 주로 사용하는 이미지는 리얼리즘 소설과 같이 대상에 대한 정확하고 객관적인 분석에 바탕을 두고 있는 것이 아니라, 대상에 대한 주관적(혹은 자기 인식적) 의식을 토대로 하여 제시된다. 그가 제시하는 이미저리는 각각 다음의 세 가지 측면으로 구분해 볼 수 있다.

1) 연쇄적 이미저리와 정서의 감각화

여기서 말하는 연쇄적 이미저리란 각각의 이미지가 순차적으로 연결되면서 하나의 이미저리를 형성하는 것을 말한다.

> 무진에 명산물이 없는 게 아니다. 나는 그것이 무엇인지 알고 있다. 그것은 안개다. 아침 잠자리에서 일어나서 밖으로 나오면, 밤 사이에 진주해온 적군들처럼 안개가 무진을 삥 둘러싸고 있는 것이었다. 무진을 둘러싸고 있는 산들도 안개에 의하여 보이지 않는 먼 곳으로 유배당해버리고 없었다. 안개는 마치 이승에 한(恨)이 있어서 매일 밤 찾아오는 여귀(女鬼)가 뿜어내놓는 입김 같았다. 해가 떠오르고, 바람이 바다 쪽에서 방향을 바꾸어 불어오기 전에는 사람들의 힘으로써는 그것을 헤쳐버릴 수가 없었다. 손으로 잡을 수 없으면서도 그것은 뚜렷이 존재했고 사람들을 둘러쌌고 먼 곳에 있는 것으로부터 사람들을 떼어놓았다. 안개, 무진의 안개, 무진의 아침에 사람들이 만나는 안개, 사람들로 하여금 해를, 바람을 간절히 부르게 하는 무진의 안개, 그것이 무진의 명산물이 아닐 수 있을까!

(무진기행, 1, 126)

무진의 명물인 안개는 밤 사이에 진주해 온 적군 → 여귀女鬼

가 뿜어내놓은 입김 → 손으로 잡을 수 없는 비물리적 존재 → 사람들을 떼어놓는 격리의 이미지 → 해와 바람과 대비되는 몽환적 이미지 등의 비유적 이미지로 연결되면서 '무진'의 공간적 이미지를 형상화하고 있다. 여기서 무진은 하나의 심상적 예술품object d'art imagery109)이라고 부를 만큼 충만한 이미지를 구성하고 있다.

버스는 무진 읍내로 들어서고 있었다. 기와지붕들도 양철지붕들도 초가지붕들도 유월 하순의 강렬한 햇볕을 받고 모두 은빛으로 번쩍이고 있었다. 철공소에서 들리는 쇠망치 두드리는 소리가 잠깐 버스로 달려들었다가 물러났다. 어디선지 분뇨 냄새가 스며 들어왔고 병원 앞을 지날 때는 크레졸 냄새가 났고 어느 상점의 스피커에서는 느려빠진 유행가가 흘러나왔다. 거리는 텅 비어 있었고 사람들은 처마 밑의 그늘에 쭈그리고 앉아 있었다. 아이들은 빨가벗고 기우뚱거리며 그늘 속을 걸어다니고 있었다. 읍의 포장된 광장도 거의 텅 비어 있었다. 햇볕만이 눈부시게 그 광장 위에서 끓고 있었고 그 눈부신 햇살 속에서, 정적 속에서 개 두 마리가 혀를 빼물고 교미를 하고 있었다.

(무진기행, 1, 131)

---

109) 전혜자, 「'내재적 장르'로서의 「무진기행」」, 『인문논총』 창간호, 경원대학교 인문과학연구소, 1992, 16쪽.

위의 진술은 버스가 읍내에 진입함에 따라 서술자에게 포착되는 감각적인 이미지를 서술하고 있다. 여기서 제시되는 감각적 이미지는 촉각과 미각을 제외한 모든 감각이 총동원되고 있는데, 강렬한 햇볕에 '은빛으로 번쩍이는 지붕들'(시각), '쇠망치 두드리는 소리'(청각), '분뇨 냄새'와 '코레졸 냄새'(후각), '상점 스피커에서 흘러나오는 느려빠진 유행가'(청각), '텅 빈 거리'(시각), '처마 밑 그늘에 쭈그리고 앉아 있는 사람들'과 '빨가벗고 걸어다니는 아이들'(시각), '텅 빈 광장'(시각), '햇볕이 끓고 있는 광장'에서 '교미하고 있는 두 마리의 개'(시각)가 그것이다. 서술자에 의해서 포착된 이러한 이미지들은 읍내의 풍경을 연쇄적으로 감각화하고 있는데, 앞선 이미지가 뒤에 오는 이미지를 개화시키는 방식으로 은유의 고리를 형성한다. 유사성의 맥락에서 은빛으로 번쩍이는 지붕들은 쇠망치 두드리는 소리를, 분뇨 냄새는 크레졸 냄새를, 상점 스피커에서 흘러나오는 느려빠진 유행가는 텅 빈 거리와 그늘에 앉아 있는 사람들을, 햇볕이 끓는 광장은 혀를 빼물고 교미하는 두 마리의 개와 연결되는 것이다. 이는 다시 공간적 인접성의 맥락에서 강렬한 폭양의 공습에 생기를 잃고 시들어버린 텅 빈 무진이라는 환유적 이미지에 모두 수렴된다.

그 여자의 「목포의 눈물」은 이미 유행가가 아니었다. 그렇다고 「나비부인」 중의 아리아는 더욱 아니었다. 그것은 이전에는 없었던 어떤 새로운 양식의 노래였다. 그 양식은 유행가가 내용으로 하는 청승맞음과는 다른, 좀더 무자비한 청승맞음을 포함하고 있었고 「어떤 개인 날」의 그 절규보다도 훨씬 높은 옥타브의 절규를 포함하고 있었고, 그 양식에는 머리를 풀어헤친 광녀(狂女)의 냉소가 스며 있었고 무엇보다도 시체가 썩어가는 듯한 무진의 그 냄새가 스며 있었다.

(무진기행, 1, 137)

위의 진술은 「무진기행」에서 하인숙의 노래 '목포의 눈물'을 들은 '나'의 정서적 반응이 서술되고 있다. 그런데 이러한 서술이 독특한 이미지에 의해서 서술되고 있는 것이 그 특징이다. 먼저 '그 여자'(하인숙)의 노래는 "무자비한 청승맞음" → "높은 옥타브의 절규" → "광녀의 냉소" → "시체가 썩어가는 듯한 무진의 냄새"로 이어지면서 일련의 연쇄적 이미저리를 구성하고 있다. 이러한 연쇄적 이미저리들이 대등적으로 이어진 문장에 의해서 연결되면서 최종적으로 '시체가 썩어가는 듯한 무진의 냄새'로 귀결되고 있는 것이다. 또한 이미지의 활용의 측면에서 하인숙의 '목포의 눈물'이라는 노래의 청각적 이미지는 "시체가 썩어가는 듯한 무진의 냄새"라는 후각적 이미지로 이어지면서 공감각적 이미지를 구성한다.

요컨대, 「무진기행」에서 나타나는 시각, 청각, 촉각, 후각 등을 활용한 몽타주적인 공감각적 이미지는 대상에 대한 주관적 정서를 영상화하면서 시적 효과를 드러내는 데 기여한다.

2) 대립적 이미저리와 이원적 상징 구도

김승옥의 소설에 나타나는 대비적 이미저리는 '내부'와 '외부'의 대립으로 나타난다. 여기서 말하는 '내부'와 '외부'는 '자아'와 '세계', '자기 세계'와 '타자의 세계', '유년의 근원적 공간'과 '성인의 현실적 공간', '고향'과 '도시'를 두루 포괄하는 의미로 사용된 것이다. 이렇게 대비적 이미저리가 풍부한 함의를 지닐 수 있는 것은 그만큼 김승옥 소설에 대비적 이미저리가 다양한 방식으로 구축되어 있음을 의미한다.

「생명연습」에서 '자기 세계'는 다음과 같은 이미저리로 제시된다.

'자기 세계'라면 그것을 가지고 있는 사람을 몇 명 나는 알고 있는 셈이다. '자기 세계'라면 분명히 남의 세계와는 다른 것으로서 마치 함락시킬 수 없는 성곽과도 같은 것이 아닌가 생각한다. 그 성곽에서 대기는 연초록빛에 함뿍 물들어 아른대고 그 사이로

장미꽃이 만발한 정원이 있으리라고 나는 상상을 불러일으켜보
는 것이지만 웬일인지 내가 알고 있는 사람들 중에서 '자기 세계'
를 가졌다고 하는 이들은 모두가 그 성곽에서도 특히 지하실을
차지하고 사는 모양이었다. 그 지하실에는 곰팡이와 거미줄이 쉴
새없이 자라나고 있었는데 그것이 내게는 모두 그들이 가진 귀한
재산처럼 생각된다.

(생명연습, 1, 26)

여기서 '자기 세계'는 연초록빛 대기와 만발한 장미꽃의
성곽 내부의 이미지와 곰팡이와 거미줄이 쉴새없이 자라는
지하실의 이미지로 제시된다. 그런데 내가 상상하는 '자기 세
계'는 전자와 같이 밝고 아름다운 이미지이지만, 다른 사람이
생각하는 '자기 세계'는 후자의 경우처럼 어둡고 음습한 이미
지이다. 그러나 이 두 이미지의 공통점은 "함락시킬 수 없는
성곽"이라는 폐쇄적 이미지를 공유하고 있다는 점에 있다.
결국, '자기 세계'란 다른 사람과 분명하게 구별되는 자아의식
에 있어 지층을 이루고 있는 근원적 공간임에는 틀림없다.
그런데 이러한 '자기 세계'는 「乾」에서 '방위대 본부'의 이
미지와 통한다.

아니 안방이 아니라 안방의 동쪽 벽 아래에 깔린다다미 한 장

을 들어내면 나무로 된 마룻바닥이 드러나고 그 바닥엔 위로 들어올리도록 된 문이 있는데 그것을 열면 그 밑에 나타나는 어두컴컴한 지하실인 것이다. 아아, 하루종일 그 지하실에 틀어박혀 우리들은 얼마나 가슴 뛰는 놀이를 하였던가.

(乾, 1, 47~48)

이 어두컴컴한 지하 공간은 시내 아이들과 백회벽白灰壁에 그림을 그리던 공간이며, 하얀색 크레용을 내밀며 그림을 그려보라던 '미영이'와의 추억의 공간이다. 이러한 가슴 뛰는 놀이공간으로서의 '방위대 본부 지하실'은 우리들의 놀이터이자 왕국이며 유토피아적인 원형적 공간이라는 상징적 의미를 가지고 있다.

그러나 이러한 원형적 공간인 이 건물은 전쟁의 발발로 인해 인민군의 군사 본부로, 시방위대의 건물로 사용되고, 급기야 빨치산의 습격으로 파괴된다. 이것은 외부 세계의 파괴적 힘에 의해 원형적 공간으로서의 '자기 세계'가 파괴된 것을 의미하며, 이로 인한 정신적 충격은 타락한 어른의 세계로 입사하게 한다. 요컨대, 「乾」에서 '자기 세계'의 이미저리는 이념적 대립과 갈등, 전쟁 등의 현실의 파괴적 힘과 대비되는 유토피아적 원형성을 간직하고 있는 공간인 셈이다.

한편 「염소는 힘이 세다」의 경우, 염소의 죽음으로 힘이 있는 것이 아무 것도 존재하지 않는 '나'의 집은 염소탕을 끓여 파는 것을 계기로 외부의 자본과 힘을 수용한다. 즉 이 작품은 힘의 존재 유무로 집의 '안'과 '밖'이 대비되는데, 염소탕의 고약한 '기름 냄새'와 염소가 죽기 전 생계수단이었던 어머니와 누나의 '꽃장사'는 서로 동물적 이미지와 식물적 이미지로 대비된다. 여기서 동물적 이미지가 외부의 자본과 힘을 상징한다고 보았을 때, 이 가정은 염소의 죽음을 계기로 외부의 현실 논리를 수용한 것으로 파악할 수 있다.

한편, '고향'과 '도시'의 대비적 이미지는 다음과 같은 양상을 드러낸다.

들과 바다―아름다운 황혼과 설화가 실려 있지 않은 해풍 속에서 사람들은 영원한 토대를 장만할 수가 없다. 그래서 사람들은 도시로 몰려갔다. 그리고 더러는 뿌리를 가지게 됐고 그렇지만 많은 사람들은 처참한 모습으로 시들어져갔다는 소식이었다. 차라리 이 황혼과 해풍을 그리워하며 그러나 이 고장을 돌아오지는 못하고 차게 빛나는 푸른색의 아스팔트 위에 그들의 영혼과 육체를 눕혀버리고 말았다는 안타까운 소식이었다.

(누이를 이해하기 위하여, 1, 100)

위의 인용문에서 '고향'의 이미지는 바다와 해풍이 있는 공간으로서 '물'의 이미지가 제시되고, 반대로 '서울'의 이미지는 '시들어가는' 메마름의 이미지로 제시된다. 이러한 것은 도시적 삶의 척박함을 드러내주는 하나의 장치인 셈이다. 그런데 여기서 하나의 공통적인 것은 고향의 '물' 이미지이다. 「생명연습」과 「무진기행」 등의 작품에서 고향은 언제나 바다가 있는 공간으로 제시되고, 「무진기행」에서도 작품 전체를 안개와 같은 축축한 '물'의 이미지가 작품 전체를 지배하며, 「환상수첩」에서도 '정우'가 고향에 내려온 이튿날은 하루 종일 비가 내림으로써 '물'의 이미지를 강화한다. 요컨대, 원형적인 '고향'의 이미지나 '도시'의 메마른 현실로부터의 도피에는 언제나 '물'에 대한 강한 인력(引力)이 작용한다.

「力士」에서는 지금까지 살펴본 '내부'와 '외부'의 대립과는 다른 '이질적인 것의 동시적 공존'이라는 아이러니한 상황을 포착하는 데 기여한다. 여기서 말하는 동시적 공존은 '빈민가'와 '양옥집', '전통 사회'와 '근대 사회'의 공존을 의미한다.

　　빈민가에 저녁이 오면 공기는 더욱 탁해진다. 멀리 도시 중심부에 우뚝우뚝 솟은 빌딩들이 몸뚱이의 한편으로는 저녁 햇빛을 받고 다른 한편으로는 짙은 푸른색의 그림자를 길게 길게 눕힌다. 빈민가는 그 어두운 빌딩 그림자 속에서 숨쉬고 있었다.

　　　　　　　　　　　　　　　　　　　　　　　　(力士, 1, 79)

위에 간략하게 인용한 글에서도 김승옥이 보여주는 이미지는 선명하다. 위에서 제시된 이미저리는 빈민가의 모습을 제시하기 위해서 도심부의 이미지와 대립시키고 있다. 즉 도심부에는 우뚝우뚝 솟은 빌딩들이 저녁 햇살을 받고 있는 모습과 그 어두운 빌딩 그림자 속에서 숨쉬고 있는 빈빈가의 모습은 선명하게 대비된다.

나는 천천히 고개를 돌려 천장을 올려다보았다. 천장은 아무런 무늬도 없는 갈색 베니어로 되어 있었다. 무늬가 있다면 파문(波紋)을 닮은 나뭇결이 겨우 알아볼 수 있을 정도인 것이다. 더구나 천장이 꽤 높았다. 나의 방은 이렇지 않은 것이다. 일어서면 머리를 숙여야 할 정도로 천장이 낮고 거기엔 육각형의 무늬 있는 도배지가 발라져 있는데 그것은 처음엔 푸른색이었던 모양이지만 지금은 빗물이 새어서 만들어진 얼룩 등으로 누렇게 변색되어 있다. 더구나 내 방의 천장은 지금 내가 누워서 보고 있는 천장처럼 팽팽하지도 않고 가운데 부분이 축 늘어져서 포물선을 이루고 있는 것이다. 빈민가의 집들에서만 볼 수 있는 천장. 그렇다, 나의 방은 동대문 곁에 있는 창신동(昌信洞) 빈민가에 있는 것이다.

(力士, 1, 68)

위의 인용문은 낮잠에서 깨어난 '나'가 '창신동 빈민가'에서 병원처럼 깨끗한 '양옥집'으로 이사 온 사실을 잊고, 현재 자신이 있는 '양옥집'과 '창신동 빈민가'의 방을 대비하여 생각하는 대목이다. 양옥집의 방은 깨끗하게 발라진 회벽, 나무 무늬가 있는 갈색 베니어 천장, 높고 팽팽한 천장을 갖추고 있는데, 이는 빈민가의 낮고 빗물에 얼룩진 천장, 축 늘어져 포물선을 그리고 있는 천장과 대비된다. 또한 창신동 방에서 들을 수 있는 빈민가의 소음(장사치 여자들이 떠들어대는 소리, 집안에서 나는 수돗물 소리, 옆방에서 들려오는 웅웅거림, 자동차의 덜커덕거리는 軌音과 경적 소리)과는 다르게 양옥집은 "마치 여름날 숲속에 들어와 있는 것처럼 고요"(力土)하며, 뒤이어 들려오는 피아노 소리도 창신동 빈민가와 대조된다. 여기서 제시되고 있는 대비적 이미저리는 '빈민가'의 무질서하고 퇴폐적인 생활과 '양옥집'의 질서가 잡히고 규칙적인 생활이라는 상반된 의미를 전달하고 있다.

또한 중국 남자와 한국 여자의 혼혈아로 태어난 '서씨'는 중국에서 대대로 내려오는 역사ㅆ 가문의 후예인데, 그가 근대적 도시의 한복판에서 동대문의 돌을 들어 올리며 선조들에게 자신의 가문의 힘이 유지되고 있음을 보여주는 행위 역시 대비적이다. 더 이상 역사ㅆ가 필요 없고 과거와 같은 존경의 대상이 되지 않는 근대의 공간에서 '서씨'는 자신의 존립 근거를 상실하게 되는 것이다.

한편, 이와 같은 대립적 이미저리는 다음과 같은 도형 상징으로 나타나기도 한다. 「확인해 본 열다섯 개의 고정 관념」이라는 작품에서 '나'는 추운 방에서 배고픔을 견디며 홀로 누워 있다. 그러면서 '나'는 벽의 귀퉁이가 허술해 보인다고 생각한다. '나'는 허술해 보이는 벽을 장식하려고 했던 몇 가지 것들을 제시한다. 그것은 크게 둘로 나누어 보면, 하나는 사각형의 이미지이고, 다른 하나는 원형圓形의 이미지이다.110)

사각형의 이미지	원형의 이미지
선반의 굵은 직선 사각형의 여행 가방 몬드리안의 켄버스 일본제 부채	아침 해 일본제 카드(금빛 장식과 빨간 동그라미) 영화 포스터(킴 노박의 볼과 머리)

일반적으로 사각형은 원圓과 대비해서 생각할 때, 지상적인 삶, 내적 통일성을 성취하지 못한 불완전한 삶, 복잡한 인간 내면을 상징111)한다. 따라서 '나'는 유폐적인 공간에서 불완전하고 복잡한 의식으로 자신의 고정관념을 더듬고 있는 것이라고 볼 수 있다.

---

110) 김정남, 앞의 책, 1998, 306쪽.
111) 이승훈, 『문학상징사전』, 고려원, 1995, 400쪽.

원형圓形의 이미지는 이와 정반대다. 여기서 우리는 사각형이 무한히 내부를 향해 반복된 결과 원이 상징하는 신성한 세계에 도달112)한다는 사실을 상기해 볼 필요가 있다. 그것은 지상적 삶의 극한을 파고들면, 원圓으로 표상되는 순수한 정신, 혹은 천상의 세계가 있음을 상징113)한다. 또한 일반적으로 금이 햇살의 이미지이며 성스러운 지성을 상징114)한다고 보았을 때, 금빛은 어떤 초월적 이미지로 제시되고 있는 것이다. 그러나 '나'는 금빛 글씨로 장식되어 있는 붉은 동그라미가 그려진 카드를 손에 넣지 못한다. 이것은 '나'가 내적 통일성이 성취되지 못한 불완전한 삶에서 원과 금빛이 상징하는 완벽성의 세계, 성스러움의 세계로 나아가지 못하고 있음을 의미한다.115)

3) 파편적 이미저리와 탈유기성

파편적 이미저리는 연쇄적이거나 대립적으로 형성되는 이미저리가 아니라 다양한 이질적인 이미지가 동시에 제시될

---

112) 위의 책, 256쪽.
113) 위의 책, 256~257쪽.
114) 위의 책, 68쪽.
115) 김정남, 앞의 책, 305~307쪽.

때 나타난다. 이러한 파편적 이미저리는 '탈脫전체', '탈脫유기성'을 나타내면서 개별적으로 존재하는 대상의 소외와 혼란상을 드러낸다.

중국집에서 거리로 나왔을 때는 우리는 모두 취해 있었고, 돈은 천원이 없어졌고 사내는 한쪽 눈으로는 울고 다른 쪽 눈으로는 웃고 있었고, 안은 도망갈 궁리를 하기에도 지쳐버렸다고 내게 말하고 있었고, 나는 "악센트 찍는 문제를 모두 틀려버렸단 말야, 악센트 말야"라고 중얼거리고 있었고, 거리는 영화 광고에서 본 식민지의 거리처럼 춥고 한산했고, 그러나 여전히 소주 광고는 부지런히, 약 광고는 게으름을 피우며 반짝이고 있었고, 전봇대의 아가씨는 '그저 그래요'라고 웃고 있었다.

(서울 1964년 겨울, 1, 215)

위의 인용문에서 "술에 취한 사람들", "한쪽 눈으로는 울고 다른 쪽 눈으로는 웃고 있는 사내", "도망가기에도 지쳐버린 안", "중얼거리고 있는 나", "식민지 거리처럼 춥고 한산한 거리", "부지런히 돌아가는 소주 간판", "게으름을 피우며 반짝이는 약 광고", "웃고 있는 전봇대의 아가씨"가 병립적으로 제시되고 있다. 모두가 춥고 쓸쓸한 도회지의 밤풍경으로 수렴되는 것이지만, 이미저리가 제시되는 방식에 있어 이들은 모두 필연적인 관계가 있는 것들이 아니며 서로 개별적으로 존재한다. 즉, 술에 취한 사람들 속에는 한쪽 눈으로는 울고 다른 쪽 눈으로는 웃고 있는 사내가 있고, 도망가기에도 치쳐 버린 '안'이 있고, 중얼거리고 있는 '나'가 있는 것이다. 또한 식민지 거리처럼 춥고 한산한 1964년 겨울의 서울은 부지런히 돌아가는 소주 간판과 게으름을 피우며 반짝이는 약 광고와 전봇대에 붙어 있는 포스터 속에 웃고 있는 아가씨가 묘한 대비를 이루며 흩어져 있는 것이다. 따라서 이러한 개별적인 이미지의 제시는 파편적 이미저리를 구축한다. 이러한 파편적 이미저리는 「서울, 1964년 겨울」의 '나'와 '안'과 '사내'라는 익명적 인물들의 개별적 존재성과 소외를 드러내는 하나의 장치인 것이다.

한편, 자아의 혼란한 내면 상황을 드러내기 위해서 사용되는 경우가 있다.

영이는 지금 어디쯤 갔을까? 그 여자는 지금 꽤 낙심해 있을 거다. 세상에서 가장 나쁜 초조감은 무엇을, 누군가를 기다릴 때 생기는 초조감이다. 기다린다. 멋있는 웃음을, 사람들의 박수를, 뜨거운 포옹을, 밥을, 당선 통지서를, 사장의 칭찬을, 수(秀)를, 이쁜 아들을, 죽음을, 아침이 되기를 또는 밤이 되기를, 바다를, 용기를, 도통하기를, 엿장수를, 성교(性交)를, 분뇨차를, 완쾌를…… 그러나 결국은 환멸을 기다린 셈이 아닐까?

(확인해본 열다섯 개의 고정관념, 1, 122)

위의 인용문에서 '나'는 웅모한 소설이 낙선되어 절망한 심정으로, 만나기로 한 '영이'를 생각하고 있다. 이러한 상황 속에서 '나'의 의식은 수상식 장면을 연상하듯 "멋있는 웃음"과 "사람들의 박수"와 "뜨거운 포옹"을 '당선 통지서'에 앞서 제시하고, "뜨거운 포옹"의 '뜨거운'에서 연상되었을 것으로 보이는 '밥'을 그 사이에 삽입하고 있다. 그리고 '사장의 칭찬'과 '수券'까지 이어진 '나'의 의식의 흐름은 난데없이 "이쁜 아들을, 죽음을, 아침이 되기를 또는 밤이 되기를, 바다를, 용기를, 도통하기를, 엿장수를, 성교性交를, 분뇨차를, 완쾌를"로 서술되면서 단위 이미지의 연결에 있어 개연성을 완전히 상실하고 있다.

또한 '웃음과 박수'의 청각적 이미지, '뜨거운 포옹'이라는 냉온 감각을 수반하는 촉각적 이미지, '사장의 칭찬'이라는 청각적 이미지, '이쁜 아들'이라는 시각적 이미지, '죽음'이라는 추상적 이미지, '아침, 밤, 바다'의 시각적 이미지, '용기와 도통'이라는 추상적 이미지, '엿장수' 소리의 청각적 이미지, '성교' 행위가 수반하는 촉각 이미지, '분뇨차'라는 후각 이미지, '완쾌'라는 추상적 이미지로 다양한 이미저리를 제시하고 있다. 이와 같이 오감五感을 일관성 없이 오가며 사이사이에 관념적 추상어를 끼워 넣어 혼란상을 증폭시키고 있는 이러한 이미지 제시 패턴은 인물의 혼란한 내면 상태, 나아가 의식 분열을 형상화하기 위한 작가적 의도에서 기인한다.

이상에서 논의한 바와 같이, 문체적인 측면에서 그의 소설의 감수성은 충만한 이미지를 활용하는 이미저리 구조에 의해서 나타난다. 이렇듯 다양한 이미지가 서로 부딪히면서 빚어내는 이미저리는 그의 소설을 심상적으로 풍요롭게 하는 것 이외에도 미적 근대성의 한 층위를 형성한다.

첫째, 이러한 이미저리의 활용은 심미적 미의식의 표출이라는 측면에서 그 의미를 부여할 수 있다. 대상을 형상화하되 다양한 이미저리의 활용에 의해서 구현되고 있는 그의 소설은, 세계에 대한 감각적 인식의 구체적인 발현이다. 이러한 그의 소설의 미학적 상상력은 '감수성의 혁명'이라는 그의 소설의 수식 어구에 대한 미학적 증좌인 것이다.

둘째, 이미저리의 다양한 활용은 기법적인 측면에서 입체적 정서 공간을 구축한다. 이렇게 구성된 이미저리는 서사의 선형적 구성 논리보다는 시적으로 대상을 영상화하거나 공감각적으로 형상화함으로써 합리성이라는 현실 세계의 논리와는 정반대의 경향을 드러낸다. 따라서 김승옥의 소설은 합리성과 보편성에 의해서 제도화된 현실 세계에 비합리성과 주관성(미적 자율성)을 바탕으로 저항하고 있다고 할 수 있다.

셋째, 형식에 대한 창조적·유희적 요소가 강화된 그의 문학은 이성과 진보라는 근대성의 원리의 파행적 양상(전쟁, 이념적 갈등, 산업사회의 모순 등)에 대한 미학적 저항이라는 의미를 갖는다. 그것은 대립적 이미지의 활용에서 '자아', '고향', '유년', '식물성', '전통'이라는 '내부'의 삶이 '타자', '도시', '성인', '동물성', '근대'라는 '외부'의 힘에 의해서 파괴되거나 굴복되는 현실을 통해서 자본, 이념, 합리성 등으로 무장한 근대적 삶의 논리를 비판하는 것이다. 더욱이 파편적 이미저리에 의해 구현되는 주체의 분열적 의식 상태는 근대 기획이 가져온 병리적 모순이 개인의 의식마저도 파괴시켰음을 보여준다.

<h1 style="text-align: center">연 구 과 제</h1>

- 이상의 「날개」, 「종생기」, 「봉별기」, 「지주회시」 등에 나타난 문체적 특징에 대하여 설명해 보시오. (반복과 변주, 사물 의인화, 경구 인용, 유희적 사유, 리듬감 등)

- 박태원의 「소설가 구보 씨의 일일」, 『천변풍경』 등에 나타난 문체적 특징에 대하여 설명해 보시오. (의식의 흐름, 몽타주, 만연체, 구두점 사용, 고현학적 방법론 등)

제6장 소설과 미디어 환경

제6장 소설과 미디어 환경

1. 소설과 비문자 매체

　현대를 살고 있는 사람들의 일상에서 가장 큰 비중을 차지하고 있는 것은 미디어 체험이다. 인류의 역사에 있어 문자의 발명은 의사소통의 혁명을 가져 왔으며, 그 후 인쇄 매체의 발달은 지식과 정보의 급속한 확산과 진보를 가능케 했다. 그러나 현재, 영화·TV를 중심으로 한 영상매체와 컴퓨터 기술에 의해서 구현되는 멀티미디어 환경은 그 이전의 구텐베르크식의 문자매체나 전화·녹음기·라디오 등의 음성매체와는 비교가 되지 않을 정도의 문명사적 변화를 야기하고 있다. 이른바 영상매체에 길들여진 세대를 '탈문자 세대post literate'라고 지칭하듯이, 뉴미디어는 사람들의 일하는 방식, 노는 방식, 더 나아가 생각하는 방식까지 바꾸어 놓고 있다. '유비쿼터스Ubiquitous'라는 용어가 말해주듯이 컴퓨터 네트워크에 의해서 인간은 물과 공기를 마시듯 어디서나 미디어에 접속할 수 있다. 마샬 맥루한Marshall Mcluhan의 말처럼 미디어의 개인적·사회적 영향은 우리 인간의 확장the extensions of man116)을 가져온 것이다.

이러한 맥락에서 문자적 상상력을 기반으로 한 근대적 서사양식인 소설이 멀티미디어 환경과 어떠한 관계를 맺고 있는가 하는 점이 논의의 핵심이다. 이들의 관계는 크게 발산적인 방향과 수렴적인 방향으로 구분할 수 있다. 전자의 경우는 종이책의 형태로 소통되는 소설이 멀티미디어 환경과 대중소비문화의 급격한 발달로 인하여 대중으로부터 유리될 수밖에 없다는 위기론을 배경으로 하고 있다. 따라서 하이퍼텍스트 소설·릴레이 소설·멀티픽션 등 인터넷에서 행해지는 실험에서 나타나듯이 전통적인 소설의 소통방식에서 이탈하는 경향을 보이거나, 소설을 각색한 영화나 애니메이션·캐릭터 산업·테마파크 사업 등의 문화산업과 결합하는 양상을 나타낸다.117)

---

116) 허버트 마셜 맥루헌, 박정규 옮김, 『미디어의 이해』, 커뮤니케이션북스, 1997, 23쪽.
117) 전통적인 소설이 타매체로 확산되는 현상에 대한 대표적인 연구는 다음과

후자의 경우는 소설이 다매체 시대의 삶을 형상화하는 문제와 매체의 특성을 기법적으로 수용하는 문제를 중심으로 논의되어 왔다.[118] 특히, 소설과 영화의 영향 수수 관계에 대

같다.

김미영, 「디지털 문화와 인터넷 소설: 「디지털 구보, 2001」을 통해 본 하이퍼텍스트 소설의 가능성」, 『한국현대문학회 학술발표회 자료집』, 한국현대문학회, 2005. 2, 82~93쪽

서정남, 「멀티미디어 매체 환경과 서사의 새로운 지평: 제 서사의 창작-전달수용 메커니즘의 혁명적 변환」, 한국서사연구회, 『내러티브』 제2호, 개마고원, 2000년 가을/겨울, 1~21쪽.

우찬제, 「디지털 복제 시대의 문학」, 『타자의 목소리』, 문학동네, 1996, 197~240쪽.

_____, 「복합매체 환경과 소설의 장래」, 『현대소설연구』 제11호, 한국현대소설학회, 1999. 12, 85~106쪽.

이용욱, 「가상공간의 문학적 가능성에 대한 시론: 기술형(技術刑) 문학형식을 중심으로」, 『한국문학이론과 비평』 9집, 2000. 12, 7~23쪽.

정과리, 「문학의 크메르루지즘: 컴퓨터 문학의 현황」, 『문학동네』, 문학동네, 1995년 봄, 20~35쪽.

정창영, 「디지털 문학의 텍스트성과 입체화 전략」, 『한국문학이론과 비평』 제25집, 한국문학이론과비평학회, 2004. 12, 329~349쪽.

조규형, 「후기인쇄문화로서의 가상공간: 소설미학과 디지털 내러티브」, 『비평과이론』 제9권, 한국비평이론학회, 2004년 가을/겨울, 179~204쪽.

최유찬, 「게임의 서사」, 한국서사연구회, 『내러티브』 제2호, 개마고원, 2000년 가을/겨울, 1~23쪽.

최혜실, 「영상, 디지털, 서사: 통합서사를 위하여」, 영상문화학회 창립준비위원회, 『이미지는 어떻게 살고 있는가』, 생각의나무, 1999, 347~359쪽.

_____, 「디지털 서사의 미학」, 최혜실 엮음, 『디지털 시대의 문화예술』, 문학과지성사, 1999, 238~260쪽.

_____, 「디지털 서사(e-narrative)의 현황과 전망」, 『한국현대문학연구』 제8집, 2000. 12, 33~56쪽.

_____, 「새로운 소설의 가능성: 하이퍼텍스트의 소설 미학」, 한국서사연구회, 『내러티브』 제2호, 개마고원, 2000년 가을/겨울, 1~23쪽.

118) 다매체 환경이 소설에 미치는 영향에 대한 대표적인 연구는 다음과 같다.

강상희, 「90년대 그리고 새로운 세기의 소설에 관한 불길한 상상」, 『90년대 문학 어떻게 볼 것인가』, 민음사, 1999, 189~204쪽.

김경수, 「한국 현대소설의 영화적 기법」, 『외국문학』, 열음사, 1990년 가을, 26~ 47쪽.

김만수, 「소설과 영화 사이」(특집: 우리 소설의 새로운 환경(Ⅲ)—소설과 영화· 드라마), 『소설과 사상』, 고려원, 1994년 여름, 266~278쪽.

박덕규, 「붕괴 또는 확산: 대중문화 속의 소설의 운명」(특집: 우리 소설의 새로 운 환경(Ⅰ)—탈 이데올로기와 대중문화), 『소설과 사상』, 고려원, 1993 년 겨울, 243~259쪽.

서영채, 「문화산업의 논리와 소설의 자리: 문학과 문화의 새로운 논리를 위하여」 (특집: 우리 소설의 새로운 환경(Ⅲ)—소설과 영화·드라마), 『소설과 사 상』, 고려원, 1994년 여름, 240~256쪽.

신수정, 「탈주의 변증법: 90년대 소설의 이율배반」, 『90년대 문학 어떻게 볼 것인가』, 민음사, 1999, 102~129쪽.

오연희, 「삼포로 가는 세 가지 길」, 『한국문학이론과 비평』 제9집, 한국문학이론 과비평학회, 2000. 12, 75~94쪽.

이광호, 「혼종적 글쓰기 혹은 무중력 공간의 탄생: 2000년대 문학의 다른 이름 들」, 『문학과사회』, 2005년 여름, 154~172쪽.

이남호, 「'소설 위기설'의 뜻과 그 배경」, 제5회 연구발표대회/공동주제: 현대소 설의 위기를 진단한다, 『현대소설연구』 3집, 한국현대소설학회, 1995, 7~13쪽.

장영우, 「국어국문학과 대중문화의 통합과 확산」, 『국어국문학』 제131권, 국 어국문학회, 2002. 5, 117~140쪽.

전영태, 「우리 소설의 탈이데올로기적 징후와 전망」(특집: 우리 소설의 새로운 환경(Ⅰ)—탈이데올로기와 대중문화), 『소설과 사상』, 고려원, 1993년 겨울, 211~226쪽.

정정호, 「현대소설의 장르 해체/통합/확산 현상」, 제5회 연구발표대회/공동주 제: 현대소설의 위기를 진단한다, 『현대소설연구』 3집, 한국현대소설 학회, 1995, 15~23쪽.

조남현, 「광고와 우리 소설의 명암」(특집: 우리 소설의 새로운 환경(Ⅳ)—소설과 소비 사회), 『소설과 사상』, 고려원, 1994년 가을, 224~235쪽.

황국명, 「다매체 환경과 소설의 운명」, 『현대소설연구』 제11호, 한국현대소설학 회, 1999. 12, 1~21쪽.

해서는 많은 연구가 진행되었다. 하지만 소설에 도입된 영화적 기법은 이미 근대소설의 기본적인 문법으로 자리 잡은 것이고, 소설이 영화로 개작되어 통속성이 어떻게 강화되고, 무엇이 어떻게 창조적으로 변용되었다는 식의 연구는 그 사실의 단순함과 명백성 때문에 큰 의미를 지니지 못한다.

이 장의 논의는 소설이 인접 미디어와 결합하여 변화하는 발산적 관점에 서 있는 것이 아니라, 책이라는 인쇄매체 안에 비문자 매체nontext-media의 특성이 역逆으로 구현되는 양상을 밝혀, 미디어에 대한 언어적 성찰의 다양한 방식과 의미를 고찰하는 데 주안점을 둔다. 이를 통해 소설의 인물이 다매체 환경 속에서 살아가는 다양한 삶의 양태와 비문자 매체의 기술적 특성을 소설의 서사에 도입하여 혼종성hybridity의 글쓰기로 변화하는 양상을 종합적으로 살펴보기로 한다.

2. 비문자 매체 체험의 소설적 형상화

비문자 매체 체험의 대상이 되는 미디어는 주로 영화, TV(방송), 컴퓨터(디지털 매체)이다. 이에 대한 소설적 형상화는 (1) 미디어 중독(몰입), (2) 미디어 사회에서 정체성 찾기, (3) 미디어에 대한 비판적 이해로 요약된다. 이 세 가지 경우는 미디어와의 인식론적 거리^{distance}에 의해서 산출된 것이다. 미디어에 중독된 경우는 비판적 거리가 제로(0)인 상태를 의미하고, 미디어 사회에서 정체성 찾기란 미디어에 의해서 형성된 자아와 본래적 자아 사이의 갈등 상황을 의미하며, 미디어에 대한 비판적 이해란 현실을 정교하게 가공하고 왜곡하는 미디어의 본질과 이러한 미디어에 동화되는 현실에 대해서 부정하는 위치에 서 있는 경우를 의미한다.

첫째, 미디어에 중독된 상황은 미디어에게 전존재를 의탁하거나 미디어가 재현하는 의사사건$^{pseudo-event}$을 전적으로 신뢰하는 경우 발생한다. 이미 1960년대 김승옥은 「확인해본 열다섯 개의 고정관념」에서 "망할 놈의 영화가 사람들의 상상력을 압박하고 있다"고 토로한 바 있고, 『내가 훔친 여름』에서 '신성일'에 미쳐버린 '숙자'를 통하여 영화라는 대중매체에 의해 의식이 마비된 상황을 형상화하였다.

『내가 훔친 여름』의 '숙자'는 영화라는 대중매체에 함몰되어 있는 인물로 형상화된다.

처음엔 까맣게 몰랐다가 두어 달 지난 후에야 친구들의 귀뜀으로 알고 나서, 아마 여수에 놈팡이라도 하나 생긴 게지 싶어서 여객선에 있는 친구에게 몇 차례 뒤를 밟아보라고 했더니 그냥 극장에만 들어갔다가 나오더라는 것이었다.

영화에 환장했나 싶어 그 정도로 알고 자기 몰래 돈 꾸어 쓴 일만 가지고 나무랐더니, 웬걸, 이 미친년이 울면서 한다는 소리가,

"오빠 오빠, 나 그 남자 없으면 못 살겠어요. 그 남자 품에 한 번만이라도 안겨봤으면……"

하더라는 것이었다.

그 남자가 누구냐고 했더니, 제 주제야 가당찮게도 신성일인가 뭔가 하는 배우라 대답하더라는 것이었다.

(내가 훔친 여름, 3, 62)

위의 인용문은 여수행 기차간에서 우연히 만난 어느 사내가 '나'(이창수)와 '친구'(장영일)에게 자신의 누이동생(숙자)에 대하여 토로하는 대목이다. '돌산'이라는 섬에 사는 '숙자'는 '신성일'이 나오는 영화를 보고 그를 짝사랑하여 그를 만나기 위해 서울로 올라갔고, 결국 오빠에게 붙잡혀 다시 고향으로 돌아가는 길인 것이다. 남대문 경찰서 보호실에서 오빠를 만난 '숙자'는 신성일이 준 부채만 하나 들고는 이 부채만 있으면 무슨 짓을 해서라도 살아갈 자신이 있으니 오빠만 내려가라고 말할 정도로 대중문화에 함몰되어 있는 여인이다.

그녀가 영화와 현실을 구분하지 못하고 현실에서 영화적 환상을 구현하려 하는 것은 다음의 장면에서 구체적으로 드러난다.

"이젠 그만 울어."

아가씨의 뺨을 가볍게 토닥이며 내가 말했다.

"울지 않으려고 했어요. 이럴 땐 대개 울지 않거든요……"

나는 아가씨가 무슨 얘길 하는지 알아듣지 못했다.

"……그렇지만 너무 아파서……"

우리는 한동안 조용히 누워 있었다.

아가씨가 싫을 만큼 뜨거운 숨결을 내 귀뺨에 내쉬며 속삭이기 시작했다.

"이젠 이름을 알켜 주세요."

"아……"

"제가 묻기도 전에 미리 이름을 말해버리실까봐 조마조마했어요. 이젠 제 이름도 물어주세요."

나는 잠깐 동안 어리둥절했다.

그러나 제기랄 이 냄새나는 여름이 어느 영화장면 흉내를 내자는 것을 나는 알아차렸다.

(내가 훔친 여름, 3, 191, 강조 – 인용자)

위의 인용문은 여인숙에서 정사를 나눈 뒤 '나'와 '숙자'가 주고받는 대화의 일부이다. 강조한 대화를 따라가다 보면, '숙자'가 하는 말은 자신의 말이 아니라 영화 속의 한 장면을 흉내 내고 있는 것임을 알 수 있다. 여기서 영화라는 가공된 현실을 실제 현실과 구분하지 못하고, 현실을 영화의 연장으로 오인하는 것을 통해서 대중문화가 인간의 의식을 근원적으로 마비시키고 있음을 알 수 있다.

윤대녕의 『사슴벌레 여자』[119]에서는 미디어 중독에서 더 나아가 미디어가 인간의 정체성 자체를 혼란시키는 데까지 형상화된다. 심각한 미디어 중독을 나타내는 인물은 해리성 기억상실증에 걸려 있는 '서하숙'의 경우이다. 이 작품에서 그녀는 전자 기기나 디지털 미디어에 대하여 강한 집착과 애정을 나타낸다. 이것은 그녀가 가정에서 철저한 무관심 속에 방치되고 있을 때부터 나타난 현상이다. 아무도 대화를 나눌 사람이 없게 되자, 그녀는 거실 한 구석에 놓여 있는 컴퓨터에 맹목적으로 집착을 하기 시작했고 얼마 지나지 않아 다른 어떤 아이들보다 컴퓨터를 잘하는 아이가 됐다고 진술한다. 그러던 그녀는 시간이 지날수록 이러한 매체 그 자체에 자신의 전존재를 의탁하게 된다.

"전 말이죠. 컴퓨터가 너무 좋아요. 또 냉장고와 휴대폰과 신용카드도 마찬가지구요. 그것들이 없으면 전 하루도 살아갈 수 없어요. 밤에 냉장고 돌아가는 소리를 듣고 있으면 얼마나 안심

---

119) 윤대녕, 『사슴벌레 여자』, 이룸, 2001.

이 되는지 몰라요. 커다란 남자가 옆에서 코를 골며 자고 있는
것 같아요."

(사슴벌레 여자, 105)

　'서하숙'은 디지털화된 '풍경' 속에 존재하며, 기억을 이식
받은 사이보그이다. 이런 그녀가 전자 기기나 디지털 미디어
에 강한 집착을 보이는 것은 디지털 매체 환경을 내면화하였
기 때문이다. 그녀의 기억이식과 디지털 미디어에 대한 강한
집착과 애정은 아버지의 폭력과 어머니의 철저한 무관심으로
나타나는 아날로그적 폭력으로부터의 탈주라고 파악된다. 그
러한 그녀는 의식적이든 무의식적이든 디지털 매체 환경에
철저하게 동화하는 방식으로 탈주의 노선을 택한 것이다.
　김경욱의 「나비를 위한 알리바이」[120]는 케이블 TV를 세상
모든 지식의 원천지이자 공급원으로 파악하는, 어느 광고회
사 '명예퇴직자'의 일상을 그리고 있다. 이 작품은 위에서 필
자가 제기한 문제와 관련해, TV라는 미디어에 관한 날카로운
직관을 담고 있다.

---

120) 김경욱, 「나비를 위한 알리바이」, 『제29회 이상문학상 작품집』, 문학사상사,
　　 2005.

무엇보다 세상이 어떻게 돌아가는지, 세상물정이 어떤지 공부해야 했다. 그리하여 나는 회사에서 잘린 다음 날 도합 72개 채널의 성실한 시청자가 되었다.

(나비를 위한 알리바이, 247)

세상물정을 몰라도 너무 몰라, 정글의 법칙이 통하는 사회생활에서 결국 낙오된 '나'가 그러한 세상을 공부하기 위해 택한 것은 72개 채널이 방송되는 케이블 TV이다. '나'의 아침은 이라크 전쟁의 전황을 전하는 CNN 아침 뉴스로 시작된다. 잠시 후, 가슴확대수술을 한창 선전하고 있는 의료전문방송을 보던 '나'는 리모컨 버튼을 '유두'에 비유한다. 발기된 유두처럼 볼록볼록 솟아 있는 리모컨의 버튼을 어떻게 조합하느냐에 따라서 TV와의 연애는 달라질 것이라고 말한다. 그 버튼으로 34번을 누르느냐, 43번을 누르느냐에 따라서, TV와의 연애는 프로레슬링이 될 수도 있고, 낚시가 될 수도 있다고. "리모컨 앞에서 모든 채널은 평등"하지만, 그것을 수용하는 자까지도 평등한 관계를 맺을 수는 없다. 수용자는 일방적으로 정보를 받아들이기만 할 뿐이다. 리모컨 버튼을 누르는 행위를 가슴을 터치하는 것에 비유한 것도 수용자가 이러한 매체에 중독되었다는 것의 반증이다.

'나'는 TV를 통해서 세상을 더 많이 알게 되었고, 세상이 돌아가는 게 더 잘 보였다고 말한다. 이때, 케이블 TV는 '나'에게 하나의 박식한 스승이며 훌륭한 정보공급원으로 기능한다. '나'에게 그것은 "우연히 발견한 신천지"요, "오래도록 잊고 있던 풍문 속의 보물섬"이었던 것이다. 그저, 세상은 브라운관 저 너머에서 내가 불러주기만을 기다리고 있다. 여기서 '세상 → TV → 나'의 구조가 만들어지는데, '나'는 세상을 보고 있는 것이 아니라 TV 화면에 비추어진 세상을 보고 있는 것이다. 이때, TV화면 속의 세상은 실제 사건을 대체하는 일종의 의사사건인 셈이다. 비가 오는 것을 확인하기 위해서 굳이 창문을 열 필요는 없다. 케이블 TV가 세상 모든 현실을 화면으로 '재현'하기 때문이다. 비가 오는 장면은 실재와 상관없이 우리의 의식 속에서 실재를 대체하는 장면으로 각인된다.[121)]

한편 '나'에게 TV는 부자간의 일체감을 느끼게 하는 매개체였다. 복싱 세계 타이틀전이나 축구 국가대표 대항전을 방

---

121) 시뮬라시옹simulation에 의하여 사실과 재현, 원본과 모방의 차이가 사라진 시뮬라크르simulacre의 시대에서 실재와 비실재의 간극은 무화된다. 보드리아르는 "오늘날의 추상은 더 이상 지도나 복제, 거울 또는 개념으로서의 추상이 아니다. 시뮬라시옹은 더 이상 영토 그리고 이미지나 기호가 지시하는 대상 또는 어떤 실체의 시뮬라시옹이 아니다. 오늘날의 시뮬라시옹은 원본도 사실성도 없는 실재, 즉 파생실재hyperréel를 모델들을 가지고 산출하는 작업이다." (장 보드리야르, 하태환 옮김, 『시뮬라시옹』, 민음사, 2001, 12쪽.)라고 말하고 있다.

영하는 TV 앞에서 그들은 불가사의한 연대의식을 느꼈던 것
이다. 가족 간의 일체감을 고취시키는 미디어는 이제, 한 사람
의 죽음까지도 함께 한다. 아버지의 수고로웠던 병상을 지켜
준 것도 TV이었고, 운명하기 전 그가 내뱉은 마지막 말은
일기예보의 볼륨을 높이라는 말이었다. 아이들은 부모에게
배우기보다는 각종 매체를 통해서 지식을 습득한다. 그들은
세상을 하직할 때까지 그 앞을 떠나지 못한다. 미디어는 이처
럼 강력한 영향력을 행사하고 있다. 미디어에 중독된 자는
미디어와의 순간적인 절연도 견디지 못한다. 낡은 싱글 침대
에 누워 TV를 보고 있는 '나'는 리모컨을 쥐고 있어야 불안함
에서 벗어났고, 리모컨을 쥐고 있으면 세상을 움켜쥐고 있는
충만함에 사로잡히는 것이다.

TV에 중독되어 있는 '나'는 매체비평 프로그램과 서적 관
련 교양 프로그램을 보면서 찬탄을 금치 못한다.

토요일 열두 시 십 분부터 한 시 십 분까지 공중파 채널을 켜
면 자신에 대해 이야기하는 텔레비전을 어렵지 않게 볼 수 있다.
그 시각 텔레비전은 작심한 듯 자신의 치부까지 들춘다. 이 프로
그램의 이런 장면은 너무 선정적이었다. 저 프로그램의 저런 장
면은 지나치게 폭력적이었다. 대단한 용기가 아닐 수 없다. 나는
텔레비전의 용기에 마음으로부터 박수를 보내며 한 장면도 놓치

지 않고 찬찬히 본다.

(나비를 위한 알리바이, 253)

　물론 서술자인 '나'의 TV에 대한 탄복에 작가의 냉소적 시
선이 던져져 있음은 말할 것도 없다. 먼저 매체비평 프로그램
의 경우, 지난 한 주일 동안 자신이 저지른 악행을 스스로
'고해'하며, 작심한 듯 자신의 치부까지 들추는 용기에 '나'는
박수를 보낸다. 또한 '책'을 말하는 TV의 경우도, 정복된 자를
관용으로 보살폈다는 로마제국에 비유한다. 매체 경쟁에서
구텐베르크식의 활자 문화에 종언을 고한 영상매체가 책을
보살핀다는 이 시니컬한 발언에 주목하여 볼 때, TV에 비친
'책'은 "과거의 영광을 가까스로 연명하는 소아시아의 어느
왕국"의 초라함으로 전락하게 된다.

　이 작품에서 TV는 하나의 스승의 위치에 입각해 있다. '나'
는 TV라는 매체에 의해서 만들어진 허구와 실재현실 사이에
서 도착적 의식을 드러낸다. 요컨대 「나비를 위한 알리바이」
는 호접지몽胡蝶之夢과 같은 찰나적 환영이 우리의 의식을 파고
들어, 사태의 본질적 의미를 의사적擬事的 이미지 속에 몰아넣
고 마는, 영상 미디어의 본질을 해부하고 있다.

　둘째, 미디어 사회에서 정체성 찾기는 미디어에 의해서 왜
곡된 자아와 본래적 자아 사이의 간극에 의해서 발생한다.

윤대녕은 『사슴벌레 여자』에서 '이성호'와 '서하숙'은 모두 '해리성 기억상실증'에 걸려 기억을 이식받은 존재들이다. 그것은 "쉽게 말해 주민등록증이나 신용카드나 백화점 카드를 잃어버리고 나서 재발급받는 것과 다를 게 없는 일"인 것이다. 원래의 '이성호'는 '다크 엔젤'이라는 '사이버 무인 호텔'에서 'M'에 의하여 기억을 이식받은 뒤 '이명구'라는 다른 사람의 기억으로 살아야만 하는 존재가 된다. 그는 자기가 아닌 다른 존재의 기억을 이식받은 후 심각한 정체성의 혼란을 나타낸다.

다만 흐릿한 영상들이 눈앞에 가끔 돌출적으로 나타났다 사라지곤 했다. 그것은 편집을 하고 남은 영화 필름처럼 서로 연관성이 없이 뒤섞여 있었다. 불쑥 낯선 거리가 떠오르는가 하면 역시 낯선 사람들이 어두운 술집에 앉아서 떠들고 있는 장면이 눈에 비치기도 했다. 그리고 끊임없이 야채 튀김이 먹고 싶었고 칼스버그 맥주와 독한 담배가 피우고 싶어졌다. 그런 변화를 미세하게 감지하며 그는 이명구의 기억에 자신의 의식을 끼워맞추기 위해 애쓰고 있었다.

(사슴벌레 여자, 81)

"편집을 하고 남은 영화 필름"과 같은 의식 속에서도 그는

'이명구'의 의식을 재구하기 위해서 고된 노력을 다한다. 정체성에 심각한 혼란을 느낀 그는 'M'에게 에프터서비스(?)를 받기 위해 찾아갔으나 자신이 흰쥐와 같이 아직 완전하지 못한 실험의 대상이 되었다는 데 두려워하며, 'M'의 존재 배후에 알 수 없는 '거대한 조직'의 낌새를 느낀다. 이것이 바로 눈에 보이지 않는 디지털 사회의 거대한 시스템이다. 이러한 체계 안에서 이들은 존재성을 박탈당한 채 기억을 입력받고 다시 지우고, 기억을 사고 팔고, 끝내 조종당하는 사이보그가 되는 것이다. 그리고 사용 시효가 끝난 사이보그들은 고장난 컴퓨터처럼 폐기처분될 것이다.

디지털 사회는 그 동안 상부구조로서 존재했던 지식이 비트 bit라는 컴퓨터 언어로 바뀌고, 이것은 정보의 양과 질로 환산되어 가상 재화의 형태로 교환되는 사회이다. 이에 따라 상부구조의 영역(지식이나 문화)에서조차 기계화(컴퓨터, TV, 비디오)가 이루어지고 교환가치와 사물화의 논리가 상상력과 정신의 영역에까지 침투하게 되는 것이다. 이러한 디지털 사회의 풍경은 '기억 이식'에 의해 사이보그로 변신하는 모티프에 의하여 제시되는데, 이는 디지털 사회에서 나타나는 자기 정체성의 상실과 깊은 관련을 갖게 된다.[122]

---

122) 김정남, 「디지털 사회의 풍경」, 『현대문학』, 2002. 6, 225쪽.

셋째, 미디어에 대한 비판적 이해는 미디어에 대한 반동일시counter-identification의 자세를 확고하게 취하고 있는 경우에 해당한다. 물론, 첫째와 둘째의 경우도 미디어 사회에 대한 풍자적 의도 혹은 알레고리적 의도를 가지고 있는 것이라고 본다면 본질적으로 미디어를 비판적으로 이해하기 위한 의도에서 출발한 것이지만, 여기서 말하는 비판적 이해란 서술자나 인물에 의해서 직접적으로 산출되는 비판적 거리를 의미한다.

김승옥의 「확인해본 열다섯 개의 고정관념」에서 추운 방에 누워 있는 '나'는 만나기로 되어 있는 '영이'를 생각하며, 자신의 상상력이 대중문화의 상상력에 의해 억압당하고 있음을 경멸한다.

영이는 지금 찬바람이 부는 거리를 헤매고 있을 거다. (중략) 그때 멋있게 차린 사내가 여자 앞으로 다가온다. 슬퍼 보이는군요, 하고 사내가 말한다. 그러자 여자는 정말 자기는 지금 슬프다고 느낀다. 따뜻한 곳으로 가시죠, 하고 사내가 말한다. 울림이 있어서 신뢰하고 싶은 목소리. 여자는 조금 불안해하며 사내를 따라서 걷는다. 여자와 사내는 어디로 갔을까? 쓸데없는 상상을 했다. 우리의 상상도 이젠 틀 속에 갇혀버렸다. 누군가를, 기다림에 지쳐버린 한 여자를 어떤 멋있는 사내와 만나게 해놓고 그들을 소재로 상상을 백여 명의 사람에게 하도록 했을 때, 대동소이(大同小異), 신성일과 엄앵란과 허장강을 벗어나지 못하고 있다. 망할 놈의 영화가 사람들의 상상력을 압박하고 있다. 여자들의 자기 용모에 대한 판단력조차 영화가 압박하고 있다. 배우들 중에 자기가 닮은 배우가 있으면 자기도 미인이라고 생각해버린다. 아무리 못 생긴 경우에도 말이다. 배우들 중에 자기가 닮은 배우가 없으면 자기는 미인이 아니라고 생각해버린다. 그 자기가 세상에서 가장 이쁠 경우에도 말이다. 그러다가 마침 자기와 닮은 배우가 하나 스크린에 나타나면, 그제야, 아 나도 미인이라고 기뻐한다. 사람 들을 영화의 압박에서 해방시킬 수는 없을 것 같다. 이것도 이젠 내 고정관념 중의 하나이다. 그 압박은 사람들의 내부에서, 내부의 아주 깊은 곳에서 행해지고 있으니까.

(확인해본 열다섯 개의 고정관념, 1, 123, 강조 - 인용자)

위의 인용문에서 '나'는 찬바람이 부는 추운 거리에 외롭게 서 있는 여인(영이)과 "슬퍼 보이는군요", "따뜻한 곳으로 가 시죠"와 같은 상투적인 말로 여자를 유인하는 남자를 상상하 는 것이, 대중 영화의 상상력의 틀 속에 갇혀버린 통속적 상상 력임을 토로하고 있다. 또한 영화라는 대중매체는 여성의 용 모에 대한 판단 기준을 스크린에 나를 닮은 여자가 나오느냐 그렇지 않느냐에 달려 있다고 말하며, 대중 매체가 대중의 의식을 마비시키고 그 의식이 획일적이고 통속적인 미적 기준으로 작용하고 있음을 비판하고 있다. 이것은 "사람들을 영화의 압박에서 해방시킬 수는 없을 것 같다."라는 고정관념으로 이어지며, 이러한 대중 매체에 의한 대중의 의식 마비는 개성적인 개인의 의식에 내부적으로 작용하고 이것은 대중문화의 시대에 피할 수 없는 하나의 숙명이라고 경멸조로 토로하고 있다.

이상의 김승옥 소설에서 언급되고 있는 대중문화에 대한 견해는 대중문화가 '대량문화'이며 이것은 필연적으로 '상업문화'의 속성을 지닐 수밖에 없다는 데 기인한다. 그것은 대량소비를 위해서 대량생산된 것이고 관중은 무분별한 대량 소비자 집단으로 전락한다. 따라서 대중문화 자체는 어떤 공식에 의해서 만들어지며, 대중 조작적이다.[123] 특히 프랑크푸르트 학파의 비판이론에서는 상품화된 문화에 의한 대중의 통제를 설명하고 있는데, 예술의 사물화 현상과 표준화, 순응, 속임수과 같은 조작manipulation[124]의 이유를 들어 대중문화를 비판하고 있다. 물론, 이러한 대중문화에 대한 관점은 견해에 따라서는 긍정적으로 옹호하는 입장을 취하고 있는 것이 현

123) 존 스토리, 박모 옮김, 『문화연구와 문화이론』, 현실문화연구, 1995, 23쪽.
124) 강명구, 『소비대중문화와 포스트모더니즘』, 민음사, 1993, 28쪽.

재 부각되고 있지만, 1960년대 사회 상황 속에서 김승옥은 상업 영화라는 문화 상품이 대중의 의식을 통속적인 상상력에 고착시키고 나아가 탈승화desublimation125)의 문화 기제의 역할을 한다는 점에 대해서는 확고한 견해를 견지하고 있다.

김승옥이 「확인해본 열다섯 개의 고정관념」이나 『내가 훔친 여름』에서 우리의 상상도 대중매체의 틀 속에 갇혀 버렸으며 따라서 사람들을 영화의 압박에서 해방시킬 수 없을 것 같다는 토로는 어디까지나 상상력의 문제였으나, 디지털 매체는 상상력의 문제를 넘어서서 개인의 고유한 정체성(기억)마저도 데이터 형식으로 저장되고 거래되는 절망적 상황으로 끌고 간다.

이와 관련하여 윤대녕의 「눈과 화살」126)은 데이터 형식으로 관리되고 호명되는 현실 속에서 유배되어 버린 신생新生의 기억을 그리워하는 '박무현'을 통해서 디지털 사회의 정체성 상실의 문제를 제기하고 있다.

내가 이렇듯 누군가에 의해서 관리되고 재단되고 그들의 방식에 따라 재생산되며 살고 있다니, 감시되고 있다니! 그리하여 각

---

125) 헤르베르트 마르쿠제, 차인석 옮김, 『1차원적 인간/부정』, 삼성출판사, 1990, 46쪽.
126) 윤대녕, 「눈과 화살」, 『은어낚시통신』, 문학동네, 1994.

공공 기업체, 동사무소, 구청, 은행, 신문지국, 심지어는 전화번호
부에까지 올라 기록되고 통제되고 분류되고 컴퓨터에 입력돼 키
보드의 자판 하나만 누르면 호출돼 명령을 받아야 하다니! 두려
워라. 내 사진첩 속 빛나는 신생(新生)의 기억들은 어디로 유배됐
는지.

(눈과 화살, 276)

　나의 이름(존재)은 동사무소·구청·은행·신용카드회사 등
에 의해서 끊임없이 분류되고 관리되고 컴퓨터 키보드의 자
판 하나로 호출되고 있다. 이러한 '계략의 힘에 의해서 사슬에
묶여 복종의 노래를 부를' 수밖에 없는 상황은 디지털 미디어
사회의 절망적 풍경이다. 이러한 데이터 형식으로 통제되고
관리되는 시스템 속에서 '박무현'은 유배된 "내 사진첩 속에
빛나는 신생의 기억"을 간절히 그리워한다. 여기서 우리는
디지털 사회의 주체 형성이라는 중요한 문제와 부딪히게 된
다. 디지털 사회에서 주체의 형성은 데이터 형식으로 집적된
개인의 정보와 그것을 운용하는 익명적 존재에 의해서 호명
interpellation.을 받는 방식을 취한다. 이러한 방식은 루이 알튀세
르Louis Althusser가 예시한 경찰관의 호명127)과 같은 아날로그

127) Louis Althusser, "Ideology and state Apparatus"(Notes towards an Investigation),

적인 방식이 아니라, 정보의 관리와 운용과 관련되는 디지털적인 방식을 취하고 있다는데 그 차이점이 있다.

최근 작가 중에서 비문자 매체 체험의 문제를 집중적으로 다루고 있는 작가는 김중혁과 한유주이다. 김중혁은 「펭귄뉴스」[128]에서 오직 하나의 주파수만을 송출하는 정부와 이에 대항하는 '펭귄방송'이라는 저항방송과의 내전을 형상화하고 있다. 이 작품은 일체의 비트beat를 제거하는 독점적 미디어 권력과 억압된 소리의 복원과 비트에 기초한 소통을 꿈꾸는 이들 사이의 싸움을 통해 미디어 테크놀로지의 억압성을 환기하고 있다. 한편, 「바나나주식회사」[129]는 쓸모없어진 근대의 폐기물들이 쌓여 있는 '쓰레기호수'를 찾아가는 과정과 그곳에서 듣게 되는 '바나나Build Absolutely Nothing Anywhere Near Anybody주식회사'에 얽힌 이야기가 서사의 핵심을 이룬다. 여기서 바나나 주식회사는 세계의 모든 도구를 1회용으로 만들

Lenin and Philosophy and other Essays, trans. Ben Brewster, London: New Left Books, 1971에서 알튀세르가 사용한 개념이다. 호출(호명)은 "거기 당신!"과 같이 가장 흔한 일상적인 경찰의 (혹은 다른) 부름 속에서 상상할 수 있는 것이다. 불리운 개인은 뒤돌아볼 것이다. 이렇게 단순히 180도 몸을 돌리는 것만으로도 그는 주체가 된다. 왜 그럴까? 그는 그 부름이 '정말' 자신을 향한 것이라는 것을 인지했기 때문이고 다른 사람이 아닌 '바로 자신이 불리었다는 것'을 인지했기 때문이다.(Daiane Macdonell, 임상훈 옮김, 『담론이란 무엇인가』, 한울, 1992, 51쪽.)

128) 김중혁, 「펭귄뉴스」, 『문학과사회』, 문학과지성사, 2000년 겨울.

129) 김중혁, 「바나나 주식회사」, 『문학과사회』, 문학과지성사, 2003년 겨울.

어 인간을 진화시키겠다는 의도로 설립된 것이다. 이는 도구 (미디어)가 진보할수록 감각은 점점 퇴화될 수밖에 없다는 미디어 혹은 문명 전체에 대한 극단적인 비판론으로 이해할 수 있다.

한편, 한유주는 「죽음의 푸가」130)에서 "백 시간 동안 지속되는 배터리, 실물보다 선명한 오백만 화소의 화면, 케이블을 타고 전송되는 0과 1의 이미지"(164쪽), 그리고 "빛의 손길도 거치지 않은 채 무수히 복제되어 전자 바다"(164쪽)를 떠돌아야 하는 현실의 모습을 통해서 디지털 복제기술과 네트워크로 연결된 디지털 미디어 사회의 본질을 겨냥하고 있다. 「그리고 음악」131)에서는 우리의 눈과 귀를 대신하고 있는 카메라와 그것이 송출하는 0과 1의 디지털 정보를 재현하는 TV를 정보원情報源으로 의지하고 있는 미디어 사회의 현실을 미국 세계무역센터 테러 사건 보도를 통해서 제시하고 있다. 이는 미디어가 보여주는 이른바 의사사건이 실재성을 소거하는 역설적 상황을 의미한다.

---

130) 한유주, 「죽음의 푸가」, 『문학과사회』, 문학과지성사, 2004년 봄.
131) 한유주, 「그리고 음악」, 『문학과사회』, 문학과지성사, 2004년 겨울.

3. 비문자 매체 특성의 기법적 수용

비문자 매체의 특성을 기법적으로 수용하는 경우는, 기존
소설의 서사문법과 상투화된 소설미학에서 벗어나 다양한 매
체와 문화적 텍스트들과의 교섭을 통해서 활발하게 실험되었
다. 이러한 과정에서 소설은 대중매체를 포함한 하위 장르의
문법을 받아들이거나 과학기술매체의 기술적 특성을 문자적
상상력을 바탕으로 수용하게 된다. 이러한 미디어 수용의 문
제는 모티프 차원에서의 수용과 서사구조의 차원에서 수용이
있을 수 있는데, 전자가 소극적인 경우라면 후자의 경우는
보다 적극적인 형태를 나타낸다고 할 수 있다.

첫째, 이러한 소설들은 고급문화와 대중문화의 영역을 넘
나들며 영화, 음악, 회화, 조각, 사진, 건축, 비디오 아트 등의
다양한 예술 장르를 소설의 모티프로 차용한다. 윤대녕·하재
봉·장정일·주인석·박상우·조성기·김경욱·김연수 등 1990년
대 새로운 소설의 흐름을 보여준 작가들이 대부분 이에 해당
한다. 1980년대 작가에게서 드러나는 소설 양식의 실험이 정
치·사회적 의식의 표출이나 저항의 양식으로 활용되었다면,
1990년대 소설에서 나타나는 비문자 매체의 수용은 뚜렷하게
나타나기 시작한 소비사회와 문화산업시대의 특성을 드러내
는 문화형식을 형성하게 했다.

윤대녕의 경우는 난숙기에 접어든 자본주의 사회의 일상
에 산포하는 다양한 문화기호들을 소설 속에 도입하여 1990
년대 소설의 뚜렷한 징표를 세웠다고 할 수 있다. 그의 작품
들이 대부분 아파트, 카페, 편의점, 극장, 지하철, 도시의 뒷
골목 등 현대 도시를 배경으로 하고 있고 주인공들도 사진작
가, 모델, 출판사 직원, 광고 카피라이터, 시인 등 전문직종에
종사하는 독신남이다. 이들의 사진, 영화, 음악(팝, 클래식),
미술 등 다양한 예술 장르에 세련된 문화적 기호와 취향을
가지고 있고, 이러한 문화 기호로 자신의 일상을 장식하는
감각적인 도시적 감수성을 지니고 있다. 이들의 일상에서 나
타나는 댄디즘dandyism의 현상을 일종의 문화과잉 내지는 멋
부리기라고 치부하기에는 그의 소설에서 형상화된 문화적
현상과 1990년대의 사회상 사이의 상동성homology이 더 크게
작용한다.

그 대표적인 예가 되는 작품이 「은어낚시통신」132)이다. 이
작품에서 인물의 내면의식과 상호 관계도 음악, 사진, 미술
등에 의해서 매개된다.133) '빌리 홀리데이'의 음악, '커티스'
의 호피인디언 사진, '아르누프 라이너'의 보디 페인팅, 은어

132) 윤대녕, 「은어낚시통신」, 『은어낚시통신』, 문학동네, 1994.
133) 김정남, 「다매체 시대, 소설의 장르적 정체성에 관한 연구」, 『현대소설연구』
22호, 한국현대소설학회, 2004. 6, 236쪽.

낚시모임의 '헌법'에서 소개되고 있는 현대 예술 등이 그것이다. 문제는 이러한 대중문화에서 차용된 모티프가 소설의 문맥에서 수용되는 양상이다. 먼저 '빌리 홀리데이'의 음악은 허무의식과 상실감에 갇혀 있는 주인공의 내면세계를 비유적으로 환기한다. "알콜과 약물 중독의 늪에서 헤어나지 못한 채 1958년 마흔 네 살의 나이로 자신이 늘 읊조리던 슬픈 노래처럼 죽어 간" 빌리 홀리데이에게 '나'는 강한 동일시를 느끼며, 그 음악은 비밀 지하 모임인 '은어낚시모임'의 여인과 '나'를 매개하게 된다. 한편, 은어낚시모임에서 보내온 엽서에 인쇄되어 있는 '커티스'의 호피인디언 사진은 문명의 박해로 소멸되어 가는 존재의 쓸쓸함을 드러내는데, 이는 현대의 물질문명이 파괴한 원초적 순수성을 의미한다고 할 수 있다. 또한 '아르누프 라이너'의 보디 페인팅과 '은어낚시모임'의 '헌법'에서 제시되고 있는 현대 예술들과 탈규범적인 행동양식, 지명 및 인명들은 모두 비인간적인 현대 문명의 억압성을 넘어서 "삶의 자유의지와 생명 의식을 표현"하려는 의도를 담고 있다. 이것은 다시 시원을 향해 거슬러 올라가는 '은어'의 상징과 호응된다.

김경욱의 경우, 그의 초기작인 「변기 위의 돌고래」[134]는

---

134) 김경욱, 「변기 위의 돌고래」, 『베티를 만나러 가다』, 문학동네, 1999.

'이미지의 서사'라고 할 만큼 영상문법을 소설 속에 적극적으로 도입하고 있다. 직장의 인사이동에서 미끄러지고, 페니스가 연체동물처럼 흐느적거리는 상황에서 알 수 있듯이 '나'는 사회와 가정에서 소외를 경험하고 있다. 그가 가장 좋아하는 장소는 불을 켜지 않은 화장실이고, 거기에 걸터앉아 담배를 태우는 것에서 위안을 얻을 뿐이다. "바람 빠진 타이어"(33쪽)와 같은 자신의 페니스를 원망하던 '나'는 불현듯 '돌고래'를 떠올린다. 그러나 그는 발기부전과 돌고래의 상관성을 이해하지 못한다. 출근을 포기하고 '나'는 잠을 자기 위해 지하극장을 찾게 되는데, 여기서 제시되는 극장 내부는 바닷속이나 고래 뱃속의 이미지로 형상화된다.

그는 '잠의 동굴'인 극장에서 고래 뱃속과 같은 편안함을 즐기며 잠을 잔다. 그러나 누군가 자신의 페니스를 만지작거리고 있음을 느낀다. '나'는 사내에게 주먹을 날리게 되지만, 그 공간에서 "평생 동안 잘 잠을 모두 자고 난 것"(41쪽)처럼 느낀다. 요나 콤플렉스로 이해할 수 있는 잠의 시간을 보내고, 대기실 중앙에 있는 소파에 몸을 기댄 '나'는 영화 〈그랑부루〉135) 포스터를 목격하게 된다.

여기서 선명한 다크 블루의 바다 위를 솟구치는 돌고래의

---

135) 뤽 베송, 〈그랑부르 Le Grand Bleu〉, 1988.

이미지와 함께 떠오른 것은 과거 '나'의 애인인 '윤수민'이었다. 그녀는 광고 부분 모델(머리카락)이다. '나'는 섹스 후 그녀의 머릿결을 어루만지곤 했는데, 그 때마다 그녀는 "당신은 꼭 내 머리와 연애를 하는 것 같군요."라고 중얼거리며 자신을 온전한 인격적인 존재로 대해줄 것을 바란다. 이것은 비단 '나'에게만 해당되는 것은 아니다. 그녀는 언제부턴가 자기 자신을 여러 부분으로 나누어 생각하곤 했던 것이다. 광고를 촬영할 때는 머리만, 섹스를 할 때는 귀만을 생각하는 것이다. 이러한 상황은 전형적인 자아분열의 상황을 암시한다. 현대인의 신체라는 것이 결국은 이 부분모델과 같이 도구적으로 이용되고 파편적으로 존재한다고 했을 때, 이러한 인물의 정신적 상황은 현실과의 정합성에 있어 나름의 의미를 지지고 있다. 영화 〈그랑부르〉를 보고 헤어진 지 한 달 만에 '나'는 머리를 짧게 자른 그녀를 우연히 보게 된다. 결국 그녀가 머리를 자른 것은 자신의 파편화된 삶에서 결연히 결별하고 온전한 삶에의 의지를 나타낸 것이라고 할 수 있다.

한편, '나'의 경우는 12시간 이상 지하 극장에서 잠을 자고 돌아와 다시 변기 위에 웅크리고 앉았다. 여기서 '나'는 "자신이 어쩌면 기억할 수 없을 정도로 오래 전, 푸른 대양을 자유롭게 헤엄쳐 다니던 한 마리 돌고래였는지도 모른다고 생각"(49쪽)한다. 이때 돌고래의 이미지는 표면적으로는 힘 있게 발기된 페니스, 자유로운 성적 쾌락을 상징하고, 보다 보편적인 의미로는 힘, 꿈, 자유, 이상, 동경 등을 뜻한다고 할 수 있다. 요컨대 이 작품은 발기부전의 페니스, 대양을 헤엄치는 돌고래, 고래 뱃속 같은 지하 극장, 영화 〈그랑부르〉 등의 시각적 이미지가 모두 상징적인 의미관계로 직조되어 있는 텍스트라고 할 수 있다.

지금까지의 예가 인물의 성격화를 위해서 모티프로 활용되는 방식이었다면, 조성기의 「피아노, 그 어둡고 투명한」136)은 영화 〈피아노〉137)를 해석적으로 재현함과 동시에 영화, 소설 등의 각종 인접 예술장르와 작가의 회상과 소설가로서의 욕망을 연상기법에 의해서 직조한 다중 선형적 텍스트이다. 여기서 허구와 현실의 경계는 해체되며 이때 영화는 현실을 바라보는 '창'으로서 기능한다.

소설은 영화의 첫 장면—거센 파도가 밀려오는 바닷가의 풍경, 그곳에 놓여 있는 피아노가 들어 있는 커다란 나무궤짝, 무료함을 달래기 위해 궤짝 틈으로 손가락을 밀어 넣어 피아노를 치는 벙어리 여인(Ada), 그녀의 딸(Flora)의 모습—을 묘사한다. 아다(영화 속에서는 '에이다'로 명명된다)는 한번도

---

136) 조성기, 「피아노, 그 어둡고 투명한」, 『세계의 문학』, 1993년 겨울.
137) 제인 캠피온, 〈피아노 *The piano*〉, 1993.

본 적이 없는 남자(Stewart)에게 시집을 오게 되어, 자신의 사생아인 딸과 함께 낯선 땅을 밟게 된다. 다음날이 돼서야 해변에 도착한 남편과 원주민 일행은 짐들을 옮기지만, 그녀가 그토록 소중하게 여기는 피아노는 가져오지 못하게 된다. 남편은 그녀에게 있어 피아노가 세상을 향한 유일한 목소리라는 사실을 알지 못한다. 어쨌든 피아노는 뒤늦게 옮겨지게 되지만, 그녀는 남편에게 사랑을 느끼지 못하고, 이웃집 남자(Baines)에게 피아노를 가르쳐주게 된다. 물론 여기에는 남편과 베인스 사이에 땅을 매개로 한 거래가 존재한다. 베인스의 욕망은 피아노를 배우는 것에 있지 않았다. 그는 건반을 미끼로 그녀의 몸을 탐냈던 것이다. 이러한 만남을 계기로 아다는 점차 베인스에게 알 수 없는 사랑의 감정을 느끼게 된다. 이를 알게 된 남편 스튜어트는 그녀의 손가락을 자르고 그녀를 감금하지만, 베인스에게 빼앗겨버린 아다의 마음만은 다시 찾을 수 없음을 깨닫게 된다. 결국 스튜어트는 그들을 강제로 섬에서 추방하는 방식으로 그들을 놓아준다.

전술한 바와 같이, 영화의 이러한 스토리텔링은 서술자의 주관적 해석에 의해 재현됨과 동시에, 스크린 내부의 상황을 연상작용이나 인식론적 판단에 의해 텍스트 외부의 현실과 연관지으면서 보다 복잡한 서사의 망을 형성한다. 영화에서 벙어리 아다는 서술자에게 귀머거리이자 벙어리인 친구의 어

머니와 예쁜 얼굴과 몸매를 지닌 친구의 여동생을 떠올리게
한다. 피아노 건반을 미끼로 한 베인스와 아다의 육체적 거래
는 서술자에게 레몽장의 「책 읽어주는 여자」와 가와바다 야
스나리의 「잠자는 미녀」를 연상케 하며, 페티시즘을 둘러싼
도스토예프스키에 관한 일화에까지 나아간다. 아다와 베인스
사이의 육체적 접촉은 서술자에게 군 제대 무렵 어느 여관에
서 한 여자의 느닷없는 침입을 받던 날을 떠올리게 하며, 건반
을 미끼로 한 거래는 거래관계가 사랑을 질식시킨다는 명제
아래, 독서카드를 만드는 일을 시키던 여자와 그녀의 손을
탐냈던 서술자의 이야기와 접목된다.

또한 남편 스튜어트의 질투심과 베인스를 애욕 사이에서
갈등하는 아다의 모습은, 자신의 몸을 만지려 하는 스튜어트
의 손길을 거부하는 데서 발견되는데, 이러한 여성의 이중성
을 '윤후명' 소설과 연관시킨다. 문제는 베인스에게 전달하려
는 피아노 건반(그것은 피아노이기도 하지만 '아다' 그 자신
이기도 하다)에서 유발된다. 베인스에게 건반을 전달해야 할
플로라는 이를 스튜어트에게 주게 되고, 교회 연극의 그림자
놀이 장면처럼, 질투심에 불타는 남편 스튜어트에 의해 아다
의 손가락은 잘리게 된다. 이윽고 스튜어트는 플로라에게 그
녀의 잘린 손가락을 전해주게 한다. 여기서 서술자는 어른들
끼리의 무모한 싸움이 아이들에게는 고통이 된다고 진술하

며, 춤바람이 났던 약사의 음독자실과 관련된 개인적인 일화를 다시 연결짓는다. 더불어 서술자는 여자를 파괴하면서까지 그들을 차지하려는 남성의 특권욕까지 언급하고 있다. 이처럼 스크린 내부의 현실을 어떠한 것에도 구애받지 않고 텍스트 외부와 연결시키고 있는 이 작품은 매우 다중적인 스토리 라인을 가지고 있다.

한편 서술자는 스튜어트가 아다의 찢어진 속옷 틈새에 손바닥을 대는 장면에서 '틈새'를 통해서 욕망을 표출하는 감독의 연출력에 대해 극찬을 보내기도 한다. 또한 자신과 일부러 말을 하지 않으려고 피아노를 치던 소녀와의 짝사랑을 떠올리면서, 여자의 심리를 알지 못했던 자신의 아둔함을 떠올리기도 하며, 마르께스의 『백년동안의 고독』의 주인공 아마란타를 만나고 나서 비로소 소녀의 심리를 이해하게 되었다고 진술한다. 결국 스튜어트로부터 벗어나게 된 아다와 베인스. 피아노를 싣고 섬을 떠나는 배위에서 아다는 그토록 소중한 피아노를 바다에 버릴 것을 요구하고, 피아노를 따라 바다로 쏠려 내려가는 밧줄에 발을 집어넣어 그녀도 함께 물에 빠지게 된다. 그러나 밧줄은 그녀의 발을 묶은 것이 아니라 신발을 묶었던 것. 아다는 신발을 벗고 수면 위로 헤엄쳐 오르기 시작한다. 그녀는 이미 더럽혀진 피아노, 두려운 피아노, 관[棺]인 피아노를 버리고 삶을 선택한다. 여기서 서술자는 인물의 행위를 '생의 의지=애욕=죽음의 의지'라는 등식으로 정식화한다.

서술자는 이 작품의 결미 부분에서 소설가적 현실과 스크린 내부의 현실을 연관짓는다. 글쓰기 행위가 아다의 피아노 연주이고, 새벽녘까지 자판을 두드리는 자신이 바로 '고독한 벙어리'라는 인식이 바로 그것이다. 또한 신경숙의 「풍금이 있던 자리」를 언급하면서, 말을 제대로 끝맺지 못하고 어물거리는 작가의 문체가 벙어리와 닮아 있다는 진술한다. 소설가로서의 작가적 인식은 "나는 나의 「피아노」를 위해 저처럼 손가락 한마디의 상실이라도 체험했던가. 세상의 거래와 독자들과의 흥정에서 더럽혀진 나의 「피아노」는 이제 바다에 묻어야 하지 않는가"[138]라는 통렬한 자기성찰로 이어진다. 마지막으로 제시되는 영화 속 장면은 피아노가 가라앉은 바다 속의 고요한 풍경이다. 이는 침묵하는 아다 자신을 상징하며, 침묵은 잠으로, 잠은 죽음의 의식이라는 서술자의 언술과 연결되면서 서사가 매듭지어진다.

요컨대 이 작품은 영화의 스토리에 인접 영화, 소설, 소설가 자신의 이야기를 연상기법이나 모티프의 유사성, 기법의 유사성으로 연결하고 있는 다중선형적 이야기이다. 즉 영화의 스

---

138) 조성기, 앞의 글, 57쪽.

토리텔링에 비평적 주석을 결합하고, 타장르와 상호 텍스트적 관계를 부여하고 있으며 영화 내부의 현실과 소설가의 현실을 연관지어 허구와 현실의 경계를 해체하고 있다. 이러한 의미에서 이 작품은 허구와 비평을 결합한 크리티픽션critifiction, 개별 작품의 경계를 뛰어넘는 상호텍스트성intertextuality, 이른바 '소설가 소설'로서의 메타픽션metafiction적 특성을 두루 지닌다고 할 수 있다.

둘째, 비문자 매체의 특성을 기법적으로 수용하여 서사의 기본 형식으로 취하고 있는 적극적인 방식은 다음과 같은 작품에서 발견할 수 있다. 김설의 『게임오버-수로바이러스』[139]는 멀티미디어 게임을 소설의 문법으로 활용하고 있는데, 디지털 매체가 가지는 쌍방향성interactivity · 다중 선형성multi-linearity[140]의 특성을 책이라는 인쇄매체를 통해서 실험한 것이다. 이 작품은 이야기 마디node들의 다중적 연결, 시점의 이동에 따른 인물의 다면성을 구현하고 있기에 독자는 여러 개의 독서로 reading path를 체험할 수 있다. 그러나 이것은 어디까지나 종이

---

139) 김설, 『게임오버』, 문학과지성사, 1997.
140) 일반적으로 하이퍼텍스트는 전통적인 텍스트의 선형성linearity과는 달리, 무한한 텍스트의 조합이 가능한 서사라는 점에서 그 구성적 특성을 비선형성non-linearity으로 지칭해 왔다. 그러나 실제로 하이퍼텍스트도 이야기의 선형적 흐름이 수많은 마디node에 의해서 연결된 것이라면, 비선형성이라기보다는 다중 선형성multi-linearity이라고 보는 것이 보다 정확하다.

텍스트 안에서 이루어지는 것이기 때문에 웹상에서 구현되는 하이퍼텍스트와는 다르다. 독자는 작가가 다중적 서사(여러 개의 독서로)를 대리적으로 체험할 수밖에 없다는 한계점이 그것이다. 즉 이 작품에서 수행하는 다중적 서사란 한 가지 사건에서 유발될 수 있는 다양한 경우의 수를 제시하는 것을 의미한다. 다른 경우의 서사를 진행하기 위해서는 앞선 서사의 말미에 'GAME OVER'를 배치하여 상황을 종료해야 한다. 결국 이 작품은 '천수로'의 다중적 행로—돈과 마약과 살인과 섹스로 상징되는 현실적인 욕망이 만들어내는 무수한 우연—가 컴퓨터 게임의 상황성과 다르지 않다는 것을 보여준다. 그런 의미에서 세계 현실을 논리적 인과율로 해석하는 것은 하나의 허구이다.

송경아의 「바리-길 위에서」(1996)는 정보화 사회에 대한 알레고리적 의도로 폐쇄적인 컴퓨터의 운용 시스템을 소설 구성의 문법으로 활용하고 있다. 이 작품에서 '불라국'은 '하나의 목적을 위해 프로그램을 실행하고 있는 거대한 컴퓨터'[141] 이다. 따라서 이 세계는 '잉여도 없고 부족도 없'[142]고 '부패하지도 퇴색하지도 않'[143]는 시스템인 것이다. 하지만

---

141) 송경아, 「바리-길 위에서」, 『책』, 민음사, 1996, 88쪽.
142) 위의 책, 68쪽.
143) 위의 책, 68쪽.

이러한 우주가 병에 걸리고 만다. 조금씩 손실되거나 파손되고, 어떤 것은 복구불능의 상태에 빠지게 된 것이다. 이러한 불라국을 위기에 구해내기 위해 '바리'는 서천의 서역국에 가서 불로초와 불사약을 가져오고자 한다. 그러나 문제는 부모 프로그램에 문제가 생기면 문제를 수정하기 전까지 그 아래 서브루틴인 자식들까지도 쓰일 수 없고, 결국엔 폐허로 변해버린다는 사실이다. 그 원인은 크게 두 가지 가설로 제시되는데, 그 하나는 시스템 작동에 있어 혼란을 가중시키고 연산의 오류를 범하게 하는 레지스탕스의 소행이라는 점이고, 다른 하나는 처음부터 잘못된 프로그램에 의해 혼란의 강도가 가중되도록 되어 있다는 것이다. 이러한 세계 속에서 객체object는 빛나는 별일 수도, 중간 연산과정에서 잠깐 쓰이다가 버려지는 무가치한 존재일 수도 있다. 이처럼, 컴퓨터의 프로그래밍에 의해 구성되는 '블라국'은 존재의 가치와 무가치, 전망의 긍정과 부정이라는 양가적인 의미를 동시에 지니지만, 그 폐쇄적인 구성 방식은 파국을 짐작케 한다. 따라서 이 작품은 네트워크라는 하나의 그물망 안에서 집적화 되어 있는 정보화 사회의 풍경을 컴퓨터 운용 시스템을 통해서 제시하고자 하는 의도를 담고 있다.

김영하의 「삼국지라는 이름의 천국」에서는 컴퓨터 게임에 중독된 시선으로 현실을 바라봄으로써 약육강식의 자본주의적 현실에 대한 환기력을 행사한다. 이 작품에서 '삼국지'라는 게임은 그 자체로 완벽한 서사로 재현된다. 자동차 외판원인 '그'에게 현실은 하나의 게임과 겹쳐진다. 영업소에 들어선 '그'는 영업실적을 들먹이며 호통을 치고 있는 지점장의 반쯤 벗겨진 대머리와 그의 양쪽으로 갈라져 튀어나온 뒤통수를 보면서 '위연'을 조심하라는 '제갈량'의 말을 떠올린다. 그는 아침에 출근해서 얼굴 도장을 찍고 다시 집으로 돌아오는 것이 일상이다. 차는 한 달에 한 대만 팔면 회사는 잘리지 않기 때문이다. 집으로 돌아온 '그'는 게임에 빠져든다. 그리고 텍스트는 다시 게임을 장황하게 재현한다. 그러나 게임의 흐름은 단속적으로 중단된다. 대학시절 학생운동을 함께 했던 친구가 모임에 나오라는 전화와 집에 들어앉아 있는 그에게 호통을 치는 지점장의 전화 때문이다. 첫 번째 호출은 "배 나오고 머리 벗겨진 그 옛날의 4·19 세대들처럼 변해가는 순간순간이 싫"[144]어 거부하고, 두 번째 호출은 "삼시세끼 다 집에서 밥 먹게 해"[145]주겠다는 호통을 마지막으로 끊겨버린다. 그렇다면, 이 작품에서 게임의 서사는 어떻게 자동차 영업사원의 일상과 겹쳐지는가. 그 단초는 게임 서사의 최후의 결말에

---

144) 김영하, 「삼국지라는 이름의 천국」, 『호출』, 문학동네, 1997, 167쪽.
145) 위의 책, 170쪽.

서 얻을 수 있다. 망나니에 의해 목이 떨어지는 유비의 모습이 삼차원 그래픽으로 펼쳐지고, '그'는 고리 모양의 넥타이를 목에 걸고 때 묻은 셔츠의 깃이 목을 밀착할 때까지 목을 조인 다. 여기서 넥타이를 조이는 그의 모습은 목이 떨어지는 유비의 모습과 겹쳐진다. 그리고 그가 이미 죽여 버린 '위연'(영업소 소장)에게로 돌아간다. 자본주의적 생존조건은 '그'에게 있어 끊임없는 전쟁을 강요하는 게임과 같은 규칙으로 진행 되고 그러한 상황성은 넥타이를 목에 조이고 영업소로 다시 나가야 하는 '그'의 상징적인 죽음과 맞물리는 것이다.

한편, 구효서는 「공습경보-「우리드마으에」」에서 라디오 방송의 형식을 도입하고 있다. 방송중임을 알리는 ON[on the air]와 방송중단임을 의미하는 OFF[off the air]를 구성의 문법으로 활용하고 있으나, 실제 텍스트에서는 방송진행자인 MC의 마이크가 ON상태인지, OFF상태인지를 구분하는 형식적 기호로 사용된다. 방송은 '오후의 삼각지'라는 프로그램(남MC: 서세월, 여MC: 김옥경)의 전화 리퀘스트 코너가 진행되고 있다. 이 코너는 게스트를 초대해 놓고 청취자들이 전화로 참여하여 여러 가지 대결을 펼치는 형식이다. 오늘의 초대손님은 '황수지'. 그녀의 노래 '치잣빛 향기'가 흘러나오고, 마이크는 내려진다(OFF). 그러자 그녀가 말한다. "오늘만큼은 전국 모든 라디오의 주파수가 이 방송 하나에 고정되어 있었음

좋겠어."[146] 그러자 "얘 봐, 독재자 같은 얘기하네."[147]라는 되받는 말이 이어진다.

그러나 이날, 실제로 이러한 상황이 벌어진다. 민방위날 훈련 실황방송으로 전국의 모든 방송이 하나로 고정되는 상황이 발생한 것이다. "宮民 여러분. (이는 '국민'의 실제 발음 [궁민]에서 착안된 것으로 국가주의에 대한 희화적 표현으로 이해된다.) 여기는 민방위본붑니다. 훈련공습경보를 발령합니다."라는 경보가 울려 퍼지고 이어 방송은 사회자와 산림청 구호과장의 봄철 산불 예방에 대한 이야기가 장황하게 이어나간다. 훈련현장을 연결하고 스튜디오의 마이크가 OFF되자 사회자는 산림청 과장에게 다음과 같이 말한다. "오늘 이 시간만큼은 방송이 전격 통폐합되는 거죠. 전격. 떨리기도 할 겁니다. 청취자들의 주파수 선택권이 일시적으로 박탈되는 거니까요."[148] 그리고 전국적으로 일사분란하게 움직이는 훈련상황을 연상하며 동시적인 건 언제나 매혹적인 것이며 "제가 떠서 일단 전파를 짜~안 발사하면 전국 모든 도시가 삽시간에 죽은 듯 얼어붙"[149]는다며 흥분된 감정을 드러낸다. 그

---

146) 구효서, 「공습경보 「우리드마으에」」, 『확성기가 있었고 저격병이 있었다』, 세계사, 1993, 81쪽.
147) 위의 책, 81쪽.
148) 위의 책, 88쪽.

러한 이유에서 자신을 '전파탄 쏘는 전투비행사'에 비유한다.

이러한 상황은 모두 분단 상황이 만들어낸 냉전적 국가주의라는 전체주의 사회에 대한 알레고리로 이해할 수 있다. 훈련공습경보가 해제되자 실황방송은 OFF되고 광고(CF)방송이 이어진다. 여기서 "대한민국은 자유국가입니다!", "누구든 표현의 자유가 있습니다"라는 카피의 신사화 CF는 아이러니컬한 상황을 유발시킨다. 민방위는 훈련상황이었지만, 전파공습은 실제상황이었던 셈이다. 이처럼, 민방위날 훈련 실황방송에서 발생하는 국가의 전파독점권과 이에 일사분란하게 움직이는 궁민^{窮民}의 상황은 파시즘적 상황성에 대한 알레고리적 의도에서 고안된 것이라고 할 수 있다.

최근의 작품들은 미디어 체험과 수용에 있어 보다 넓고 다양한 양상을 보여준다. 박현욱의『새는』에서는 시간변조적 anachronus 계기성의 기본적인 방법을 카세트테이프의 작동원리에 기대고 있다.150) 한편, 이기호의「버니」151)는 랩음악^{rap}

---

149) 위의 책, 89쪽.

150) 이 작품은 되감기^{rewind}를 통하여 소급제시^{analepsis}를 수행하는데, 1973년에서 1978년에 이르는 송창식과 산울림의 노래와 함께 당시 인물들의 고뇌를 보여주고 있다. 즉 이 트렉^{track}들은 모두 성장과정에서 겪어야만 했던 열병들의 기록인 셈이다. 따라서 이 작품은 성장소설의 형식을 소급제시를 통한 시간변조에 의해서 형상화하고 있다.(김정남, 앞의 글, 238~239쪽.)

151) 이기호,「버니」,『현대문학』, (주)현대문학, 1999. 6.

music 형식의 단문형 문체에 도입하여 문학의 엄숙주의에 대한 냉소와 조롱의 효과를 나타낸 바 있다. 그가 보여주는 내파외합內波外合의 글쓰기는 「최순덕 성령충만기」152)에서 성경의 의고체 말투를 문체적으로 도입하는 데서 다시 확인되는데, 이러한 매체·장르 혼합의 글쓰기를 통해서 문학의 표준문법이 함의하는 엘리트적·부르주아적 미학에 균열을 가한다.

마지막으로 미디어 체험과 수용이라는 맥락에서는 직접적인 관련이 없으나, 포스트모더니즘의 문화적 맥락 하에서 하이퍼텍스트의 개방성openness·미결정성undecidability·대화성dialogism의 특성은 서사의 파편화·비논리성·우연성·비종결성·자기반영성 등을 지향하는 포스트모더니즘 소설의 기법과도 연관지어 생각해 볼 수 있다.153)

---

152) 이기호, 「최순덕 성령충만기」, 『현대문학』, (주)현대문학, 2003. 6.
153) 이인성의 『낯선 시간 속으로』(1983)·『한없이 낮은 숨결』(1989), 김수경의 『ᄌᆞ유종』(1990) 등의 1980·90년대 초반의 포스트모더니즘 소설을 비롯하여 2000년을 기점으로 세말세초에 발표된 이제하의 「독충」(2000), 성석제의 『순정』(2000)·「홀림」(1998)·「협죽도 그늘 아래」(1998), 김영하의 『아랑은 왜』(2001), 백민석의 『목화밭 엽기전』(2000)·『16 믿거나 말거나 박물지: 음악인 협동조합 1·2·3·4』(1997) 등의 작품들이 이러한 경향을 대표한다고 할 수 있다.

4. 소설이 다매체 환경과 교섭하는 방식

지금까지 비문자 매체 체험의 소설적 형상화와 비문자 매체의 특성의 기법적 수용 양상을 고찰하였다. 이는 하이퍼텍스트 소설·멀티픽션·릴레이 소설 등 인터넷이라는 새로운 매체로 발산되는 관점에 서 있는 것이 아니라, 인쇄매체로서의 전통적인 소설 안에 이러한 미디어의 특성이 역^逆으로 구현되는 양상을 밝혀, 미디어에 대한 인문학적 성찰의 다양한 방식과 의미를 고찰한 것이다.

비문자 매체 체험의 소설적 형상화에서는 (1) 미디어 중독 (몰입), (2) 미디어 사회에서 정체성 찾기, (3) 미디어에 대한 비판적 이해로 구분하여 인물이 미디어와 관계를 맺는 방식을 탐구하였다. 여기에는 미디어에 대한 소박한 비판론에서부터 자아의 정체성까지 뒤흔드는 디지털 미디어 문제에 이르기까지 다양한 양상을 드러낸다. 이러한 소설적 형상화는 미디어 환경에 대항하는 문학의 사회적 주관성이자 미디어 사회에 맞서는 길항력이다.

비문자 매체 특성의 기법적 수용 양상은 모티프 차원에서 미디어와 대중문화를 포함한 하위장르를 수용하는 경우와 미디어의 특성을 서사문법의 차원에서 차용하는 경우로 구분하여 고찰하였다. 전자는 다양한 문화기호와 취향으로 인물을 성격화하거나 플롯을 구성하여 당대의 문화적 상황을 형상화한 1990년대 소설에서 뚜렷하게 나타났고, 후자의 경우는 소설의 전통적 문법을 해체하는 양식실험의 일환으로, 미디어 사회의 음험한 지배력을 소설적으로 형상화하기 위한 방안으로 제시된다.

대중소비문화의 확산·문화산업의 창궐·디지털 기술의 발달을 배경으로 문학에 대한 위기론이 확산되면서 이제는 위기를 넘어서 '근대문학의 종말'[154]을 이야기하고 있다. 이러한 소설에 대한 문화적 위기론 혹은 종말론을 공공연하게 주장하는 이 시대에, 문학이 발휘하고 있는 미디어에 대한 길항력 혹은 문자적 상상력에 기반한 인문학적 비판력의 제현상을 밝혀내는 것은 큰 의의가 있다.

문학의 경쟁 상대가 TV·비디오·컴퓨터라면 이에 대한 문학적 대응력은 패배로만 이어질 수 없다. 물론 문학의 제도적 위상이 영상 미디어의 발호에 의하여 위축된 것은 사실이지만, 문학은 지금도 미디어 사회의 음험한 지배권 속에서 왜곡되고 마멸되어 가는 인간 존재의 실상을 조명하고 있다. 필자가 앞에서 제시한 텍스트들이 바로 그것의 뚜렷한 증좌이다.

---

154) 가라타니 고진, 「근대문학의 종말」, 『문학동네』, 2004년 겨울.

인터넷 공간에서 하이퍼텍스트 문학을 실험한 「디지털 구보, 2001」(소설)과 「언어의 새벽」(시)이 대중적으로 실패할 수밖에 없었던 원인은, 디지털 매체를 순수한 문자라는 매질로 구성했기 때문이다. 이 두 가지 예는 기획의 의도와 과정상의 의의를 무시할 수 없지만, 인터넷 공간에서 문자만으로 구현되는 소통의 방식은 멀티미디어의 현란함으로부터 네티즌의 시선을 돌리는 데 성공하지는 못한 것이다. 따라서 문자와 멀티미디어의 직접적인 경쟁은 문자의 패배로 이어질 수밖에 없다. 인쇄매체에 기반한 (근대)문학은 헛되게 지출되는 직접적인 매체경쟁을 요구하지 않는다. 여기서 문학은 사회와의 협화음보다는 불협화음으로 생명을 부지한다는 테오도르 아도르노[Theodor Adorno]의 말을 상기해볼 필요가 있다. 멀티미디어 시대의 문학이 가지는 사회적 길항력은 문자적·심미적·인문학적 상상력에 근거를 두고 있다. 문학은 직접적인 매체경쟁을 피하고 그 대신 비문자 매체에 의해서 왜곡되어가는 현실의 모습을 언어적으로 재현하거나 비문자 매체의 특성을 기법적으로 수용하면서 미디어와 미디어 사회를 비판하는 우회로를 선택하는 것이다.

연 구 과 제

• 다매체 환경에서 전통적인 문학(소설)이 대중성을 잃
  어가고 있는 이유가 무엇인지 설명해 보시오.

• 윤대녕의 「은어낚시 통신」(1994)에 나타난 비문자 매
  체(음악·미술·사진·보디 페인팅 등의 현대 예술)의 수
  용양상을 복합문식성multiliteracy의 차원에서 설명하고
  그 서사적 의미와 기능을 도출해 보시오.

찾아보기

지은이 김정남

한양대 대학원 국어국문학과에서 박사학위를 받았다. 2002년 『현대문학』에 평론이, 2007년 『매일신문』 신춘문예에 소설이 각각 당선되어 등단하였다. 펴낸 책으로 문학평론집 『폐허, 이후』·『꿈꾸는 토르소』·『그대라는 이름』·『비평의 오큘루스』, 소설집 『숨결』(제1회 김용익 소설문학상 수장작)·『잘 가라, 미소』(2012년 우수문학도서)·『아직은 괜찮은 날들』, 장편소설 『여행의 기술: Hommage to Route7』(2014년 우수문학도서) 등이 있다. 현재 가톨릭관동대학교 국어교육과에 재직하며 연구와 창작을 함께 하고 있다.

E-mail: phdjn@daum.net

현대소설의 이해

© 김정남, 2020

1판 1쇄 인쇄__2020년 08월 05일
1판 1쇄 발행__2020년 08월 15일

지은이__김정남
펴낸이__양정섭

펴낸곳__경진출판
　　　등록__제2010-000004호
　　　이메일__mykyungjin@daum.net
　　　사업장주소__서울특별시 금천구 시흥대로 57길(시흥동) 영광빌딩 203호
　　　전화__070-7550-7776　**팩스**__02-806-7282

값 14,000원
ISBN 978-89-5996-744-5 93810

※ 이 도서의 국립중앙도서관 출판예정도서목록(CIP)은 서지정보유통지원시스템 홈페이지(http://seoji. nl.go.kr)와 국가자료공동목록시스템(http://www.nl.go.kr/kolisnet)에서 이용하실 수 있습니다. (CIP제어번호: 2020027826)